踩影游戏

—

Shadow Tag

[美] 路易丝·厄德里克 著

杨世祥 汪章雯 译

have two diaries now. The first is the hardbound red Daily Reminder of the type I have been writing in since 1994, when
e had Florian. You gave me the first book in order to record my beginning year as a mother. It was very sweet of you. I have
ritten in a book like it ever since. They are hidden in the bottom of a drawer in my office, covered with ribbons and
rapping paper.

he latest, the one that interests you at present, is kept in the very back of a file cabinet containing old bank statements,
necks left over from defunct accounts, the sorts of things we both vow to shred every year but end up stuffing into files. After
uite a lot of searching, I expect, you have found my red diary. You have been reading it in order to discover whether I am
eceiving you.The second diary, what you might call my real diary, is the one I am writing in now.

中信出版集团 | 北京

图书在版编目（CIP）数据

踩影游戏 /（美）路易丝·厄德里克著；汪章雯，
杨世祥译 . -- 北京：中信出版社，2020.6
（真相四部曲）
书名原文：Shadow Tag
ISBN 978-7-5217-1659-7

I. ①踩… Ⅱ . ①路… ②汪… ③杨… Ⅲ . ①长篇小
说—美国—现代 Ⅳ . ① I712.45

中国版本图书馆 CIP 数据核字（2020）第 039111 号

踩影游戏

著　　者：[美] 路易丝·厄德里克
译　　者：汪章雯　杨世祥
出版发行：中信出版集团股份有限公司
（北京市朝阳区惠新东街甲 4 号富盛大厦 2 座　邮编　100029）
承 印 者：北京诚信伟业印刷有限公司

开　　本：880mm × 1230mm　1/32　　印　　张：7.5　　字　　数：120 千字
版　　次：2020 年 6 月第 1 版　　印　　次：2020 年 6 月第 1 次印刷
京权图字：01-2020-0262　　广告经营许可证：京朝工商广字第 8087 号
书　　号：ISBN 978-7-5217-1659-7
定　　价：198.00 元（全四册）

目录

Part 1

2007年11月2日
蓝色笔记本

现在，我有两种日记。第一种是写在每日备忘录式的红色硬壳笔记本上的，从1994年我们生了弗洛里安后我就一直在写。第一本日记本是你给我的，让我记录初为人母的情况，真的非常贴心。从那以后，我也一直用类似的笔记本写日记。我用包装纸和丝带把它们包好，藏在我办公室抽屉的底部。最新的那本——也就是现在你感兴趣的那本，放在了档案柜的最里面。档案柜里放的是旧的银行对账单、已注销账号名下无法兑现的支票、那些我们每年都发誓要毁掉但最后还是塞在了文件夹里的东西。我猜想，在一番翻箱倒柜之后，你找到了我的红色日记本。你开始读它，想要知道我是不是在骗你。

第二种日记，你可以说是我真正的日记，是我现在正在写的。

今天我开车离家，去了位于挪威之子大厅南边、明尼阿波利斯市郊区的美国国富银行支行。我把车停在了客户停车区，走进了银行，接着穿过两道玻璃门、走下旋梯，来到了保险箱售卖区。按下了小铃铛后，一位叫珍妮丝的女人出现了。我在她的协助下买了一个中号的保险箱，用现金支付了一年的租金，在保险箱的卡片上签字确认三次之后，接过了珍妮丝给我的钥匙。她把我的钥匙跟另一把钥匙对比了一下，让我进入了放置保险箱的区域。我把我的保险箱轻轻地从墙上拉出来后，她领我进入了一个隐蔽的小房间。总共有三个这样的小房间，每个房间里面只有一个桌子一般高的架子和一把椅子。我关上小房间的门，将这本蓝色笔记本从我的黑色大皮包里拿了出来，皮包是你送给我的圣诞礼物。大约过了十到十五分钟，我还是一动不动。我的心跳得非常快，不知道是在惊慌还是痛苦，或者，也有可能是开心。

※

听到艾琳驾车离去，马达声在喧闹的城市中消失，吉尔马上坐起身。遮住眼睛的毛巾从脸上滑了下来。他需要让眼睛休息的时候就躺在工作室的沙发上，有时就睡着了。他最多能在沙发上睡一个小时，但更多的时候，睡上十五分钟就会猛然惊醒，好像刚刚在地下冰冷的水流中浸泡过，精神为之一振。他坐了起来，摸索着胸口找眼镜，有时候眼镜会在那儿。但很显然，这次椭圆形镜框的金丝眼镜掉在了地板上。他捡起眼镜，挂在了耳后，向后捋了捋垂到了眉毛上的浓密头发，重新扎起了灰色的短马尾，接着起身，向前走到他妻子的画像前，凝视着。他的眼睛瞳距小、颜色深，眼神冰冷而充满好奇。他拿指节顶着下巴，瘦瘦的脸颊上留着黄色颜料的斑点。

他凝视着艾琳的画像，皱眉，移开目光，像无法看清远处的来人一般眨了眨眼睛。他突然弯下腰，重重地在画布上添了几笔，然后向后站，用油布把画笔包好，把画笔和调色板放进保鲜袋，再把袋子置于一个小冰箱里。饿意袭来，他离开工作室，下楼去了厨房，拿起一罐可乐——他每天都要喝一罐冰可乐。他一边小口喝着，一边下楼来到了妻子地下室中的办公室，径直走到沙滩色的金属文件柜前，打开标着票据的抽屉。

2007年11月1日

红色日记

今天很奇怪，房子里空荡荡的没有人，吉尔在楼上不停地重画着一幅画，我猜他是开不了口，让我重新坐在那里，给他当模特。弗洛和斯通尼自从上次发烧后就没再出事，瑞尔从来不生病，但是她今年在学校过得不顺。斯通尼在鼓捣一项课后作业，制作一个桌上游戏，内容涉及黑熊的习惯，非常有明尼苏达州的特色。想到我正在做的事情，我觉得自己快疯了。

※

读到这些话的时候，他真的能感觉到自己的心在流血。“想到我正在做的事情，我觉得自己快疯了。”他把头靠在艾琳冰凉的橡木桌上想：我他妈的到底在期盼什么？是我自己要看她的日记，是我自找的。每次在日记里发现了另一个男人的影子，他都会这么想。他尝试控制自己的反应，强迫自己考虑其他的可能性：她可能说的是她的历史论文，或者那篇关于路易丝·瑞尔[①]的文章。在生孩子之前，她发表了好几篇优秀的文章，是个非常有前途的学者。她的作品中引用了一些揭露瑞尔精神状态的新材料。在弗洛里安出生之后她也在继续做学术，但是当她再次怀孕，就放弃了自己的工作——只是给女儿起名为瑞尔，和那位忧郁的梅蒂人爱国者同名——那位跟自己的家人关系疏远的爱国者。瑞尔十一岁了，现在斯通尼也上一年级了，艾琳在努力完成她的博士论文，完成后就可以开始找工作了。她现在的研究对象是十九世纪的美洲原住民画家乔治·凯特林。

---

① 加拿大政治家，加拿大高草草原的梅蒂人的政治领袖和精神领袖。——译者注（除特别标注，下文均为译者注。）

也许她正因为学术上的挫折而痛苦？她快疯了，因为乔治·凯特林对某些人物一遍又一遍笨拙而真诚地描绘——那些患病即将死去的人物。吉尔受不了凯特林的作品，画中那悲剧性的讽刺让他感到不适。可对艾琳来说，为此发疯是一个很烂的借口。

“我觉得自己快疯了。”嗯，不错，这说明艾琳还有点良心。她活该正以某种方式遭受痛苦——如果不能公开地，就在心里默默地——为她对他们所有人所做的事。她做事不小心、不仔细、不考虑后果！他猛地站起来，砰地把手砸在桌子上。汽水从罐子里溅出了几滴，但罐子没有被打翻。他喝光了汽水，把日记本原封不动地放回原来的地方。他想给艾琳打个电话，但又觉得她可能不会接。艾琳每到下午就坐立不安，她会在接孩子们之前出门办事，回来的时候总会带着确凿的证据，以示她出门所做的事情——比如一袋子的杂货、一个塑料盆、存款凭条。或是证明她去健身了——她很强壮，并且对自己的身体非常自信。她觉得她任何事情都能做到。她还是个出色的泳者。当然这一点也说得通，很多运动员的情绪管理能力都非常差。他摇了摇头，紧紧地闭上了眼睛。

艾琳·艾美丽佳比他小十几岁，她的各种形态都是他绘画的对象——瘦瘦的处女、少女，散发女人味的、怀孕的、裸体的、故作端庄的或者完全色情的形象。每幅肖像他都以她的姓氏命名：《艾美丽佳 1》《艾美丽佳 2》《艾美丽佳 3》[①]。《艾美丽佳 4》刚刚卖了六位数的价格。如果他还保存着最早期、最好的那几幅肖像，

---

① 艾琳的姓氏艾美丽佳意为美国。

价格会卖得更高。这一系列的画作正变得越来越有名，或者说已经名声在外了。在画艾琳之前，他画的是风景，会让人联想到霍普[①]的保留地风景。他曾经被叫作“原住民爱德华·霍普”——真是个让人生气的称呼。他没有上过艺术学校，靠的是自己读书、绘画、不停地画、观察。接着他在纽约住了两年，在画廊工作，替其他艺术家安装设备，每天晚上回家后他继续画自己的作品。有段时间他在一个小学院教课，那儿的学生既自负又爱摆架子，他对他们失去了耐心。他四处搜刮一笔小钱之后就开始当全职画家。画卖出去了，他就继续向前看，他会成功的，就算做不到广为人知也是一种成功。他是一个能用自己的作品养活家人的艺术家——这就是个不小的成就了。但现在他正在失去这种信心和控制权，他的画中隐藏着什么东西，因为艾琳对他有所隐藏，他在她不清澈的眼神、傲慢无礼的肉体和她放下防备时身体不耐烦的疲倦中看出了这点。她已经不再爱他了，她的凝视中透着一种死气沉沉的空洞。

※

孩子们猛地推开楼上的门、扔下外套、脱掉靴子时，吉尔还坐

① 美国绘画大师，以描绘美国当代生活风景而闻名。

在艾琳的桌子前。他听到孩子们的书包砰的一声掉在了他头顶的地板上，脚步声朝着厨房的方向远去。接着孩子们稍微安静了些，从冰箱里拿出零食，边吃边喃喃细语。艾琳在放零食的抽屉和冰箱里塞满了即食食物，而吉尔则会买干豆、大米、冻肉和大量的意大利面，放在碗橱和冰箱的最里面。现在他听到孩子们像松鼠一样到处翻东西，把他们的小爪子伸向玻璃纸袋子里的饼干和薯片。他想上楼阻止他们，但在他行动之前，孩子们已经咚咚咚地上楼回了自己的房间，一切又都安静了。

※

他想，他最近几年都在哀悼死亡，却不知道到底谁死了，是怎么死的。最开始他是在做爱的时候感受到了忧伤，但后来习惯了。她让他很愉快，但他们不再看彼此的脸，兴奋时所说的话也显得敷衍。随着时间的推移，做爱变得更黑暗、更痛苦。

仿佛她并不是躺在那儿，而是身处水底，仰视着他。他觉得她正在自己内心深处的某出戏中，做着斗争，而戏剧性的情节只有在冲突解决了之后他才能知道。他担心斗争的结果对他不会有利，所以他尝试过将她从戏中拉出来。但他只能通过在床上使用蛮力引起她的注意，他同时也感受到了彼此的愤怒——撕抓、嘴咬，甚至相互击打——既炽热又尴尬。接下来的几天他都没力气准备礼物和惊喜来向她求爱，就让孩子们去缠着她，不合时宜地赶走一些小危机。但最后她总是又从他的指缝中溜走了。

她曾经一度很渴望坐下来为他当模特。他画她的时候，他们之间存在一个不断变化的磁场，让他们轻轻来电。起初吉尔会把自己的全部注意力放到她的青春上，之后则全心全意地绘画人生经历在她肉体上留下的痕迹。艾琳的嘴上留下了吉尔的痕迹，年龄和时间就像树枝上的雪一样一点点地向下滑落，直到整个苍白的树枝摔落下来。艾琳生育后身体柔软而疲惫，她的乳房在母乳充足时热得发烫，肿胀而敏感，以至于最轻微的触碰都会让乳汁流出来。她在他的工作室喂奶，裸露着身体，拿枕头托住宝宝。他会同时画两幅画，两边喂奶的姿势各一幅。那是幸福。当宝宝从蹒跚学步长到可以独立行走时，他笔下的艾琳身体变硬了，又重新变回了她自己。有段时间他不画她了，转画其他的对象。但他一直在某个神秘的层面上研究着她的那些肖像——她的形象能立即让人想起剥削、原住民的身体、推动历史的贪婪动力等问题。不仅如此，他精湛的绘画技艺让他拥有几乎可以说是不受限制的权威。抽象的表现主义如暴君般主宰着当时的潮流，他却挑战性地执着于现实主义绘画，现在他对这种古老而重要技巧的掌控看起来几乎是激进的。

艾琳对他保持距离激起了吉尔心中一种凄凉的欲望，她的秘密让他狂躁、沮丧，但就是在这种状态中，他开始了一生中最好作品的创作。不管她有什么罪，他相信他都是带着纯洁的眼光来看她的。人们说他是一个迷人的伪君子，但在他的艺术作品中，他只想表现真实。他怎么能责怪她的身体呢，他想，难道要把自己画进画里，像委拉斯开兹[①]一样画镜子里的自己，像德加[②]一样悄悄靠近洗澡的妓女？如果他的画笔像猫的睫毛一样稀疏，如果他的余生只有一块画布可以作画，那他将画一幅艾琳的肖像。

她曾经强烈地爱着他，她尊重他，信任他。她曾相信他是全世界最非凡的人。实际上她现在还这样说，只是她说这些话的方式让他觉得有种高人一等的感觉。

他站了起来，把椅子推回原位，伸展了一下身体，拿起饮料罐，小心地关上门，回到了楼上。今晚轮到他做饭。正在跟她约会的人不做饭，他很确定。他甚至都不知道她怎么能真的和他所怀疑的那个男人约会。他曾是吉尔的朋友。杰曼跟他的妻子丽莎住在大约一千六百五十五英里[③]外西雅图的小山坡上，丽莎是个柔弱的人道主义者，幸运的是她的慈善事业可以让她一个人去往世界各地，不用和丈夫一起。杰曼有个复姓——欧克斯塔夫－贝克，被连字符衔接起来，有种令人作呕的政治正确性。另外杰曼的印第安人血统比吉尔更重，四分之三而不是四分之一，足足超过了吉尔二分之一，这是一个很大的加分项，因为混血的女人通常喜欢和肤色深的男人做爱。艾琳也许也是这样的，虽然她很小心，没说出来过，但吉尔非常肯定，杰曼在做爱方面的成绩远不只是合格——用粗俗的话来说，嗯，算了……她毕竟还是选择了跟他生孩子。印第安女性

① 文艺复兴后期西班牙的伟大画家。

② 法国印象派画家。

③ 1 英里≈1.609344 千米。

原住民，不管其血统纯度如何，对于生孩子对象的甄选都极其严格，这不仅是出于基因等原因，还因为部落的入学问题和政府条约上的权利和福利，这甚至最终还会影响到大学的选择。生孩子是件非常重大的事情。

艾琳一定非常爱他，才和他生了孩子，因为当时他所属的部落血统——克拉马斯人、克里人和没有土地的蒙大拿州的齐佩瓦族的混血——并不受人认可。他理所当然没有去赌场的资本，只能靠艺术创作过活。他很确定她是因为他的艺术才华才嫁给他的，接着便渐渐发现跟他的艺术生活在一起并没有乐趣。他的才能并不等于他，他的才能让他变成了一个无趣的人。白天集中精力画画让他精疲力竭，他晚上会喝很多酒。但后来，她喝的酒也越来越多——也让他精疲力竭。

他现在疲惫不堪，寂寞地想要艾琳，夹杂在她的一天和他的一天之间的时间让他觉得自己是隐形的。他给自己倒了一杯酒，目光在厨房里巡视，最后集中了注意力。他从冰箱里拿出了鸡蛋、黄油、放久了的切达干酪和牛奶。几周前，艾琳说了些什么关于乳酪蛋奶酥的话。

他要给她个惊喜，她会喜欢的。他拿出了自己最爱的食谱，用厨师专用的透明加重书签撑开食谱，非常仔细地遵循步骤操作。他喜欢做饭，就像喜欢洗衣服一样，因为这两件事只要完美地按照指示操作就可以取得立竿见影的成果。

※

吉尔审视了下摆放有序的桌子，非常满意，绿色的餐盘、黄色的餐巾、乳酪蛋奶酥、硬皮长棍面包、新鲜的嫩菠菜沙拉、烤过的核桃、梨和一瓶冰过的白葡萄酒。

“嗯，大家今天都做了什么？”吉尔问，“斯通尼，你先说。”

斯通尼是个害羞的六岁小男孩，会迷茫地晃着耳朵后面乱蓬蓬的头发。他眼睛的颜色比肤色浅，这会让他在将来的某一天拥有惊人的吸引力。而现在的他觉得困惑、尴尬，因为下排前面靠右的一颗牙掉了。吉尔已经把他的儿子视为一位艺术家了。他从斯通尼自然流露出来的对绘画和油画的喜爱中看到了自己。同时，他也羡慕儿子的优势，甚至垂涎艾琳给他买的那些精美画具。有时，斯通尼在厚厚的纸上只画了几笔就把铅笔和纸扔了，吉尔会捡起来，带回自己的工作室使用，回忆起自己曾用破烂的圆珠笔、铅笔头还有从杂货店偷来的蜡笔、记号笔来画画的情形。他自己的第一批作品就画在破硬纸板上、装通心粉和谷物的盒子内部，以及从商店垃圾堆中捡来的包装纸上。

“你说了什么？你做了什么？”吉尔问斯通尼。

“我画了画。”

“你画了什么？”

“比如，一些布景，为一部戏画的。”

“我们一般说话开头不用‘比如’，你能重新说一遍吗？”

斯通尼目光闪烁，左顾右盼寻求帮助。艾琳把手放在吉尔的手臂上，拍着他的手腕，直到他看着她。

“戏剧的布景。”

“完整的句子是？”

“斯通尼为一部戏画了布景，吉尔。对于六岁的孩子来说，这是一件很酷的事情。”

艾琳拿了一些沙拉，接着用更加谄媚的口吻说道：“你的乳酪蛋奶酥真是太赞了，你真是一个厉害的厨师！”

“谁能想到这么有名望的艺术家能把如此卑微的鸡蛋处理得这么好？”弗洛里安说道。他的脸有点像农牧神[①]，机智中带着恶意。所有孩子当中，他长得最像吉尔。

吉尔转身继续问斯通尼：“你的黑熊作业怎么样了？”

“爸爸，不是黑熊。”

“哦？不是？那是什么？”

“狼群。”

艾琳的叉子在新月形的波士梨上方僵住了，她把叉子放在盘子旁边。狼群、黑熊。她在她的日记里犯了同样的错误，白纸黑字地写了下来。她坐在那儿，瞪着自己的盘子许久，吉尔往这边看了过来。她呼吸变得急促。

“你没事吧？”

---

① 古罗马神话中的神，半人半羊，人面人身羊腿羊角。

“我不舒服。”艾琳说。

孩子们的脸都僵住了，他们看上去都非常害怕。瑞尔——放荡不羁又邋遢的瑞尔——从椅子上站了起来拉着妈妈的袖子。

“妈妈……”

“我没事，真的，只是一点点头痛！突然头痛！我得走开一下……”

她往外走时，他们都伸长脖子看着她。

“别呆头呆脑地看着。”吉尔说道。他把剩下的酒倒入了玻璃杯中。“吃完饭之后再喝牛奶。弗洛里安，你怎么不吃沙拉？”

“好的，爸爸。”

“只是一块面包，瑞尔，别涂那么多黄油。”

“妈妈没事吧？”

“在很多方面没事，但是在某些方面有事。现在不要问问题了。”

※

2007年11月2日
蓝色笔记本

你变得粗心大意。这种奇怪的感觉我已经有一段时间了，感觉你好像正在读取我的思想或预测我的想法。你很仔细地把我的日记原样放回，不弄乱我房间里的任何东西。但你所做的事情不止如此，我想象不出来，是我缺乏想象力。或者至少刚开始我是这么认为的。但现在我坐在这个银行的小小隔间里，意识到我在红色日记里并没有写下很多真相。我把真相藏起来了，我一定是知道你会经不住诱惑看里面的东西，寻找里面的秘密。

你画我已经画了将近十五年了。那时我有秘密，我就让那些秘密像蜻蜓一样停在我的身体表面。有一次，你甚至在我的大腿内侧画了一只精致、透明、带纹理的翅膀，我当时就想：他看到了！

你亲手接生了我们的孩子，你还想知道什么呢？

一直以来我被灌输的思想就是生活会不可避免地从出发点沿着既定路线前行，前进路线很难改变。如果爱情也是这样，那么我们的爱情从一开始就有些不好的预兆：在婚礼的前一天晚上，我梦到我被野狗野蛮地攻击、撕扯。你几乎不了解你的父亲，你母亲身体的左侧有个奇怪的弱点，让她以一种险恶的方式向你这边倾斜。你很不幸地比我大十三岁①。但最有说服力的不祥预兆是：你想占有我。而我犯的错在于：我爱你并让你以为你可以占有我。

从你准备的精美晚餐边走开，我下楼去了我的办公室，拉出椅子。黑熊、狼群和乳酪蛋奶酥，这很明显。我把手放在冰冷的橡木桌子上，摸了摸桌上的圆形水痕——那是你的汽水罐

① 13在西方文化中是个不吉利的数字。

留下的，我看到了你忘记擦掉的碳酸饮料。

艾琳上楼走进厨房，把孩子们小心翼翼地堆在桌台上的盘子洗干净。他们正在自己的房间里写作业。

她把他们一个个领下来，帮他们复习功课，以及在钢琴课上所学的东西。吉尔刚离开厨房，正在书房里看美国有线电视新闻网的新闻，电视静音了，他在打电话。一切都不可抗拒地向着睡觉时间前进，两只狗在主楼梯前面的走廊里睡着了。

不管他们搬到哪儿，这两只六岁的混血牧羊犬都占据了房屋中央、人来人往的位置。吉尔说它们是礼宾犬，事实也是如此，它们好学、乐于助人，不会摇尾乞怜或是嬉闹得过头，警惕而体贴。艾琳觉得它们严肃、举止庄重，就像是外交官。她注意到每当吉尔要发脾气的时候，其中一只狗就会出现，做些事情来分散他的注意力。有时候它们会装傻，装得很成功。有一次，吉尔看到账单上因录像丢失而产生的滞纳金正要发火时，一只狗径直走到他身边，把脚踩在了他的鞋子上。吉尔正对着弗洛里安大吼，狗的小便突然飞溅出来，她突然对狗产生了一阵自豪感。

一旦孩子们睡着了，艾琳就溜进洗手间，锁上门，泡澡，浸泡在让皮肤刺痛的热水中。家里用的是长而深的老式浴缸，艾琳稍微抬起臀部就能将腿伸到末端的排水口。如果她是二百年前出生的印第安人，她希望她能够幸运地生在一个有温泉的部落。她会为了泡热水澡而与白人激烈地斗争，没有热水的生活是难以忍受的。她尽可能地贪恋舒适，她觉得这是一种软弱的表现。喜欢泡澡，并不仅仅是因为这刺痛皮肤的热水让人感到幸福，还因为她的裸体，她可以与自己的裸体独处。没有谁会向这具裸体索取什么——比如，丈夫对她的裸体有着太过复杂的反应；孩子们刚开始蹒跚学步时，觉得她的裸体是个让人开心的笑话。在泡澡时这些事情都不会发生。她甚至不会审视着镜子里自己的裸体，想着在别人看来女性的裸体应该是什么样的。

跟吉尔一起出门时，她会摆出一副忽视他的样子，她知道，即便如此她也是个迷人的女人。她让自己的头发乱蓬蓬地缠着，刻意化着过时的妆容——明亮的绿色眼影、淡紫色的唇膏、腮红。有时她在脸上抹上厚厚的粉，白得像是艺妓。她四肢瘦长、肤色偏深、高大而不善表达。艺术品经销商说她像黑豹，吉尔把这件事挂在嘴上说了好几周，觉得很有意思，但艾琳认为自己的沉默并不笨拙、羞怯，而是迷人的。她所拥有的力量都来自她伪装的冷漠之中。

她要减少被吉尔看见的次数，悄无声息地离开吉尔的视线，从而逐渐缓解她自我意识的痛苦。所以说泡澡是精神层面的，不仅仅是简单的清洗，而是在恢复。艾琳可以将她的意识完全沉浸在纯粹的身体感官中——如释重负般的轻松、双手浮着的慵懒、额头上轻轻冒出的汗水、帽子般紧箍在颅顶的头皮、闭上的双眼后轻轻的灼伤感、水击打着喉咙的惊恐。

吉尔轻敲浴室门时，那些话还留在他的脑海里——“想到我正在做的事情，我觉得自己快疯了。”

"我能进来吗？"

"门锁了，我在浴缸里。"

"你在做什么？"

"泡澡。"

"泡多长时间了？"

"我在边泡澡边读书。"

"在读什么书？"

艾琳推了一把她胸前的水，皱着眉头看着门。

"一本日记。"她终于喊了出来。

吉尔不说话了，但她知道他还在那里。

"哦？谁的？"

艾琳想了一会儿。

"克里斯托弗·哥伦布的日记，不知道是不是他第一次航行时写的日记。"

"哦，是吗？"吉尔斜靠在门框上，他们完全能够清楚地听到彼此发出的动静。

"他提到了第一次与新世界的人类相遇的情景——一个年轻的女人游到了他的船上。你记得吗？一个具有象征性的时刻，吉尔，你还在吗？"

"在。"

"你有没有想过这个女孩后来怎么样了？是成了他的奴隶，还是得了来自旧世界的疾病？她的部落没人能活过十年。她是怎么死的？女人总是信任地游向男人！当我们需要像蛇一样谨慎时，我们却像水獭一样好奇。”

艾琳发出了轻微而奇怪的笑声，笑声空洞地回响在瓷砖上。吉尔转身离开，非常愤怒。

“你怎么能这么说！”他走开了，说话的声音太小，艾琳没听见。“你就是蛇！你已经把毒药灌进了我的心脏！”

※

一想到了蛇和毒药，吉尔就有了灵感。他上楼来到工作室，站在了木制画板前。吉尔总是同时创作好几幅画，他喜欢在木头上画画，虽然很难找到好木头，他也不喜欢用纤维板替代。他在木材厂、废品场和二手商店寻找木制画板，有时候他能从圣保罗大厦弄到用坚实橡木做的旧门，是用白橡木做的。《蒙娜丽莎》是画在白杨木上的。他喜欢在门上画画。他把门从中间锯开，打磨好，改变形状。他在用门改造的画板上画画时，会把门原本的某种特性画进画里——门能开能关的功能；门带来的氛围，满是可能性的神秘感，踏进新房间的动作——所有这些都隐隐约约地保留在了画中。

吉尔已经准备好了画板，画板得先涂上胶水，再涂石膏粉，然后磨砂，再重复这个流程，剥掉一层又一层的木屑，直到表面变得柔软光滑。现在他站在空白的画板前，又坐着盯着画板一小时，走开，又走了回来，画了几笔，然后又走开，又回来。他脑中浮现了这幅作品的样子，又否决了自己的构思。有时候在他真正设定好场景，或者让艾琳摆好姿势，或是出去画更多的画拿回来严格筛选之前，已经否定了成百上千次的构图。他会持续收集素材，直到画面变得明确起来，填满他的脑海。蛇、毒药、憎恨，他正在想这些东西。吉尔的憎恨是种有用的燃料，可以让他明白重点，思路清晰。真相在哪里？画板是个悬而未决的问题，他走近了些，淡淡地描了些形状，他的心跳得很快，他又坐了下来，转过头。他的内心平复了，他又变成了那个喜欢窥探、聪明、有吸引力的人。

突然，吉尔闻到了他母亲从教堂地下室工作完走进家里的味道。她当然没有走进这间屋里，但他确实闻到了她下班回来时的味道。在那个教堂地下室的二手商店里，母亲把别人捐赠的东西整理好，送到印第安代表团处。这些东西包括老式黑胶唱片、留有汗渍的胸罩、破鞋子和别人扔掉的盘子。她身上总有一种用过的东西——即贫穷的必需品——的味道，这种味道在她下班回家时最为浓烈。她会双手捧着杂志、书籍和任何与艺术有关的东西给他，她从牧师的办公室里偷了没用过的白纸和铅笔。他燃烧树枝为自己做了木炭画棒，悄悄地不停地画画。他将自己所见之物复制到自己的手臂上、裤子的纤维上和桌子坑坑洼洼的清漆表面上，手指一直在不停地移动。

他的母亲已经爱上了他的作品，并将它们保存在盒子里，放在床底下。当他像瑞尔那么大的时候，他的母亲寒风入体，接着风寒引发了瘫痪，她甚至变得嘴歪眼斜；病情很快就影响了她的臀部和肩膀。她的身体变得越来越不平衡，有一天一个跟头栽倒在地上。他像搀扶巨大的娃娃一样把她扶了起来，从那时起，她就如牵线木偶一样走路蹒跚，不时还会跌倒。

他们搬到哈佛，他们搬到俾斯麦和拉皮德城，他们搬到比林斯，他们还搬到了国内的一个无名之地，就只是在一个地方，在一栋老房子里，没有车，像船被搁浅了无处可去，吃光了院子里的所有蒲公英的嫩叶。在农场里，他们用旧尼龙窗帘捕鸽子，再拿棍棒将它们打死，然后烤了吃。他们在那所房子里找到了手风琴、毯子、锅壶、带污渍的床垫和绘画颜料。吉尔第一次从管子里挤出颜料——黄色的颜料时，觉得非常美味可口，嘴里流出了口水。

他的呼吸变得急促，口干舌燥，他勾画着那个摇晃歪斜的女人、那个倒下的女人、那个他扶起来又倒下的女人，所有这些都凝聚于艾琳这一形象中。他知道自己想要画什么，当这幅画面浮现在他脑海中时，他感到一阵悸动；待到画布上初成端倪，他不住狂喜，手指再也不听使唤。他放下铅笔，甩甩手放松放松。

※

他爬上床的时候她已经睡着了。无论是谁在关灯后上床，那都意味着他们当晚将不再触碰彼此。他俩对于这一点都心照不宣。他们从来没有讨论过这个问题，但相处的时间久了，他们便用成千上万种方式互相训练了对方，自从1992年他们毫无准备地结了婚后便一直如此。吉尔靠在艾琳背部下凹的脊柱上，艾琳在睡梦中拒绝他，他习惯了这一点，而习惯让他平静。不管白天发生了什么，睡在床上的艾琳让他感到安心。一躺到床上，她幽暗野性的身躯总能让他渐入梦乡。她的熟睡让他觉得很甜蜜，他可以让自己漂浮在她呼吸的浪潮中。

一如既往的早晨，狗儿们耐心等待着一家人从楼上下来，放它们到院子里去。吉尔用法式咖啡壶泡咖啡，他在自己的咖啡里加了一勺糖和一点牛奶，给艾琳的就是黑咖啡。她拿着咖啡上楼去了，而吉尔在楼下把麦片倒进碗里，在餐桌上摆好勺子，在玻璃杯中倒好了橙汁。大家都来到厨房后，他就给全麦吐司涂上黄油，趁着吐司还是热热脆脆的，把它们直接放进了孩子们的盘子里。弗洛里安和瑞尔吃得很快，斯通尼努力追赶着他们的速度。艾琳在找要放进他们背包里的东西——健身日需要的运动鞋、雪裤、图书馆的书。她把他们的外套、连指手套和靴子收拢起来，放在门口，她自己匆匆披上了一件超大的外套，外套是绗缝的，像是有手臂的白色睡袋。她像雪人一样，带着狗和孩子们走到拐角处，等候公共汽车。孩子上车后，她会有点迷信地站在那里，直到公共汽车消失在视线中。她这么做是出于一种未经证实的观点：她的警惕会保证他们一整天的安全。接着她继续遛狗，她的口袋里总是塞满了狗粮和塑料袋。今天她把狗一路带到湖边，然后才往回走，延长了遛狗的路线是为了避免跟吉尔一起喝咖啡、看晨报并计划一天的活动。她需要制订自己的计划，对于吉尔偷看她日记的事，她决定不跟他当面对质。如果是以前，她会直接质问他。但在遛狗的时候她想到了一些事情，然后走了神，但这些事情一次又一次地出现在她的脑子里。

如果吉尔不知道她已对此事心知肚明，她就可以在日记里写些东西来控制他，甚至伤害他。她觉得可以先做一次简单的尝试，抛下一只难以抗拒的鱼钩。

※

那天晚上他们一起看了部电影，连弗洛里安也没精打采地坐在家人身后的椅子上，和他们一起观看。《天生一对》讲的是一对双胞胎女孩的故事，她俩都不知道对方的存在，因为父母分居，两个女孩一个被父亲抚养，一个被母亲抚养。双胞胎在夏令营中偶然相遇，互换了住处，并密谋让父母重归于好，再次结婚。艾琳看这部电影的时候觉得很痛苦，因为父母最后又在一起了。吉尔觉得电影有些伤感，因为双胞胎是由林赛·罗韩扮演的，当时她是个聪明开朗的女孩。他喜欢这个结局，紧紧握住了艾琳的手。看完电影已经很晚了，但艾琳还是下楼了。她已经想好该在给吉尔看的那本日记里写什么了。

※

2007年11月2日
红色日记

今晚我们一起看了电影，吉尔做了他独家秘制的黄油香草爆米花。电影中，父母并不是为了多严重的事情分手，重新坠入爱河也没什么困难。吉尔一定很难理解为什么我就不能在感情上回到以前，和他重新坠入爱河，就像电影里的父母那样。为什么我不能重拾我最初的感情？迷恋、突然的吸引，都只是表面的一时发热，我们对彼此缺乏了解。坠入爱河就等于有了深入的了解。基于我们对另一半的了解，如果我们能爱上他们的大多数特点，并容忍他们无法改变的缺点，那我们才能获得永恒的爱。我在斯通尼出生之前就突然停止了对吉尔的爱。那天，他做了件我不能容忍的事情。不知道他还记不记得这件事？他可能无法想象一件如此普通的事情——普通到他每天都会做的事情，会突然揭露他的真面目。

※

第二天早上艾琳把邮箱里的信件拿进厨房。她打开一个加了衬垫的棕色信封，里面是一本用亮面纸印刷的小册子，列出了吉尔在圣塔菲的画廊里展出的作品：三十幅艾琳·艾美丽佳的肖像，以及早期创作的黑白肖像素描小样，还有大型作品，以及吉尔最爱的门。她曾允许他描绘她匍匐在地的样子，一次像被人揍过，另一次像狗一样咆哮着、流着血，那次是在她的月经期间。在有些画作中，她是女神，胸部点缀着金色的火焰。或是像是从伊甸园大陆来的生物，身上覆盖着苔藓和树叶。他还画了一系列的风景画，巨大的画布上光线充足，很像阿尔伯特·比尔施塔特[①]或哈得孙河画派[②]的作品，风景中的她被强奸了、被肢解了、死于天花——疾病的医学症状被详细地画了出来。她出现在一层层的光芒下面，或是从崎岖的峡谷中破土而出。

艾琳也收到过其他展方寄来的作品目录，她总是匆匆翻看着那些印有复制品的小册子，然后把它们放在一边。最好不要盯着那些画看太久，不要仔细研究那些画。因为她一直都知道，如果这么做

---

① 美国画家，擅画风景。

② 十九世纪北美风景画派中最具代表性的一派。——编者注

那些肖像就会停留在她的脑海中，挥之不去，那样，她就再也不能自然而然地坐在丈夫对面，任他下笔了，她会开始想象，甚至开始害怕那幅即将成形的作品。她希望在吉尔画她的时候，她总是完全存在于当下。

但因为知道他读了日记，所有的规则都被打破了，她仔细看了这本小册子。各种各样的新形象拼合在一起。有些画作纯粹是色情的，有些则很残忍，其中她两眼通红，双颊充血，像是刚被人打过耳光。在有些肖像中，她有一种心满意足、大而空洞、饥饿的美。在另一些画中，她狡诈、贪婪，或是有一种狡猾的甜美，让她觉得恶心。她的胃在翻滚，她迅速合上了展品目录，情绪波动地坐了下来，盯着窗外，试图把这种恶心的摇晃感呼出体外。她突然站了起来，走进了洗手间，打开储物柜，迅速开了一瓶抗酸药，大口吞下了那白粉似的黏稠液体。

那些不是人，她想，根本就算不上人。一个人怎么能被这些画像伤害，被这些无形幻影侵占？

她身体的强烈反应让她感到困惑。她后来遵守承诺去给吉尔当模特时，完全没提这件事。但当她走近工作室的门口时，一种昏厥的感觉侵袭了她。她又下楼喝了酒，两杯，还拿了一杯上楼，这样她就能在一种愉快的嗡嗡声中放轻松。

※

艾琳坐在他对面，给他当模特，他们不怎么说话，只是听音乐。过了一会儿，酒精的作用渐渐消退，艾琳感到头痛，觉得琼妮·米切尔[①]的音乐简直难以忍受。

“我讨厌那种自鸣得意的感觉，我讨厌那种自我陶醉的生命旅程中的东西。”艾琳说。

“换首歌？”

“关了吧，我想聊聊天。”

“好的，只是别动脑袋。”

“画我的腿吧，我要动下头。”

吉尔放下画笔。“嗯，看样子你坐不住了，那干吗还要硬撑呢？我可以停下，我今天已经画得够多的了。”

艾琳是个优秀的模特，吉尔总是被她的坚韧触动。她保持同一个姿势的时间长得惊人，休息一会儿回来之后，她的身体仿佛已经记住了之前的精确位置，还能摆出一模一样的姿势。她从未抱怨过寒冷或饥饿，酸痛或无聊，她有艺术家的耐心和热望。他从来没有画过任何可以如此急切地通过肉体来反映情绪的人。但现在，她对

---

① 加拿大有着重要影响力的传奇音乐家、画家、诗人、视觉艺术家和社会观察者。

他不满了。

她发牢骚般地叹了口气。“继续吧，我只是随便说说。”

吉尔拿起画笔，他想继续工作。

她在惹恼他，他身体前倾，专心盯着她，没有听她在说什么。

“吉尔，你有没有想过隐私？我的意思是，你有没有想过隐私这个概念，人们应该有多少隐私？当人们在一起的时候要放弃多少隐私，或者说，有多少隐私是重要的，是对的？吉尔？”

他还在盯着她，眼珠微微移动着，眼神犀利。

“吉尔？”

“我当然想过。那些发生在我们身上的事情是不对的，而且让人不安。”

艾琳等着他说下去，也许他已经看过她日记里写的东西了。

吉尔拿画笔指着她：“你能把眉毛收回去吗？对，就是这样。谢谢。”

“所以你怎么看隐私？”

“我们被政府非法窥探、窃听，而国会什么也不做，人们都很满意，似乎没有人在乎我们在以国家安全的名义放弃一个接一个的公民权。求你了，就……对……我喜欢你呼吸的方式。”

“我要屏住呼吸吗，吉尔？你想让我屏住呼吸吗？”

“是的，我们以为自己生活在正常的国家中，但在我们所做的一切背后，还存在一个恰恰相反的国家，那里战火连天、文过饰非，还有邪恶的秘密。”

“我能呼口气吗？你能不说这些政治垃圾吗？我说的不是公民权利方面的隐私，而是人与人之间情感层面的隐私。”

“是啊，情感。”去他妈的，那些在艾琳小题大做的生活以外的人，都去他妈的。

“你根本没在听。”艾琳听起来像是受伤了。

“我在听，对不起，我只是……”

“我一直都对你毫无保留。”

吉尔全神贯注，他一会儿看着艾琳，一会儿看着画布。

艾琳盯着天花板上的梁，她看到一只苍白的小蜘蛛在沿着自己吐出来的丝下降。

“我觉得在个人层面上也是一样的，当你拿走一个人的隐私时，你就可以控制那个人。”

吉尔还是什么都没说，艾琳想起了别的事，不再琢磨刚才这个一闪而过的念头。

“你知道吗，吉尔，我们的孩子们可能非同凡响。我是说，我知道，他们真的很让人惊喜——斯通尼是个天使，对不对？他极其具有想象力。瑞尔每科的成绩都是A。弗洛里安大概是个天才。我希望我的母亲能够看到他们长成了什么样子，我想她了。”

“亲爱的，我知道你想她。”

“人们以为，过一两年就会放下了，但是我还是想她，吉尔，就在此时此刻。真希望能跟我妈说说话。”

“我知道，对不起，毕竟还是不久前的事。”吉尔放下画笔，走到小冰箱旁，拿起一个杯子，倒上酒。他小心翼翼地握着玻璃高脚杯，弯下身子靠近艾琳，把那半瓶酒放在她旁边。

艾琳拿起玻璃杯，沉默了一段时间。

※

然后她失口说出："维尼·简不会让你这样糟蹋我的，她不喜欢你。"

"不喜欢，别说了，艾琳。"

吉尔继续画画。

有一段时间他们都没说话。

"吉尔，我觉得你应该再去看看心理医生。"

"你才是需要看心理医生的人。"

"你说得对，心理医生能帮助我弄明白我为什么要跟你在一起！"

吉尔笑了起来，但现在他的心脏跳得很大声，喉咙刺痛。

"因为你疯了，艾琳。"

"这就是我跟你在一起的原因？你真的这么认为吗？"

"或是因为你很聪明，我的意思是，听着。我爱你，我爱孩子们。我在养我们这个家，我们过得很舒服，我们的生活很成功……我的意思是，想想我们出生的家庭是什么样的。你必须说我们的生活，我们的家庭，真他妈的是个奇迹。"

“我喜欢我的童年。”

“每场印第安人的运动会你都得去，你妈妈有一百个男朋友。”

“是十个。”

“你爸爸是——”

“嘿，那是时代的错。至少我有个爸爸。”

“我爸爸——”

“别说他是个战争英雄，天知道你爸爸屠杀了多少越南妇女、孩子和老人。你他妈的根本就不知道，吉尔。”

“我们真的又要讨论这个问题吗？”

艾琳把手交叉放在脸上。

“吉尔，我是认真的，我们需要某种帮助。”

“我不这么觉得。我觉得我们很幸福，我很幸福，艾琳。”

吉尔在出汗，他怕她要说出另一个男人的事情，但同时又希望她说出来，他的头上开始淌汗。他坐了下来，清洗着画笔。

“我觉得我画完了，今天就够了。”他最后说道。

艾琳睡着了。

吉尔摇了摇她，把艾琳扶起来，让她跟着他下楼。

之前就有人警告过他，让自己的妻子当模特，会让婚姻很难维持下去。但结婚之前，他就已经开始画她了，停下来不是更糟？就像是一种拒绝？虽然会争执，但他还是很平静地画着艾琳。她就在那儿，在他眼前，不必担心她在做什么。此外，霍普画了乔；伦勃朗[①]画了萨斯卡，接着又画了亨德里吉；威思曾经画过贝齐，当然也画了赫尔加；勃纳尔画了玛尔特；还有那贪婪无度的毕加索；德·库宁[②]、基塔伊[③]和约翰·柯林[④]也画了他们的妻子。这是一种了解对方的最本质——未知的本质的方式，也是一种陷入痴迷的爱的行为。诚然，他没有一直用温柔的方式描绘艾琳，但他觉得他把艾琳受到的羞辱化作了一种更大的东西——“一个民族所遭受痛苦的代表符号”，某位艺术评论家如是写道。他不敢让艾琳看那篇文章，里面的用词标签化到令人啼笑皆非。“不要画印第安人，这个主题可以超越一切。”一位印第安原住民画家曾如此说道。你永远不会成为一个艺术家，你只是个美国印第安艺术家，这给你的职业生涯扣上了一顶帽子，你只能达到这个高度。你会设定预期，只去吸引某一类的收藏家。看看劳森伯格[⑤]，他是切罗基人[⑥]，他画了印第安人吗？没有。还有吉尔尊重的印第安艺术家乔治·莫里森[⑦]，他也不画印第安人，他画的是印第安人的意识。黑人可以属于后种族时代，但印第安人永远意味着 1892 年。吉尔再一次别无选择，为妻子作画时，他总是画印第安人，因为他情不自禁——他们之间的残暴、他们之间的需求。吉尔在画画时，他血缘上的祖先会出现在画中，他带着痴迷般的细致发展自己的绘画事业——钻研那些大师甚至顶级伪造师的作

---

① 欧洲十七世纪最伟大的画家之一，也是荷兰历史上最伟大的画家之一。
② 荷兰籍美国抽象表现主义画家。
③ 即罗纳德·布鲁克斯·基塔伊，美国人物画画家。
④ 美国现代最重要又最具争议的画家之一。
⑤ 战后美国波普艺术的代表人物。
⑥ 美国原住民族群。
⑦ 美国的风景画家和雕刻家。

品，伪造师们有技巧、厨房秘籍、各种秘密和捷径。他从中整理出了褪色的油画、黑色油、手动烧制颜料和手工研磨颜料的秘密。有时候，他很乐于用颜色透明的釉料一层一层地画上去，画出一种让孩子们觉得失真的稍微模糊的晕染图。每个孩子还小的时候都被他叫去看过画布上的妈妈，他们喊着妈妈，因为得不到她的回应而哭泣。娴熟的绘画技术让他的作品冲出了西部和西南部，走进了洛杉矶、芝加哥、费城、华盛顿，并最终进入了纽约。但他还没迎来事业上的重大飞跃，他仍然被归为美国印第安艺术家、美国原住民艺术家、部落艺术家、克里艺术家、混血艺术家、梅蒂或齐佩瓦艺术家，有时甚至被归为美国西部艺术家，虽然他住在明尼阿波利斯[①]。

※

可以想象，这将是一个非常寒冷的冬天，入冬的第一个周末就出人意料地干燥，没有雪花，气温在零度以下。湖水很快就结冰了，在这样刮大风的日子里，冰面上的图案就像是一个个小小的盘子熔接在一起。艾琳和瑞尔拿着溜冰鞋出去了，但她们根本没有机会把鞋穿上，一直都是膝盖着地在冰上爬。湖中写满了无法破译的文字。

瑞尔坐在脚后跟上，她想，似乎我们应该能读懂。

---

① 美国明尼苏达州最大的城市，明尼苏达州北接加拿大，使用美国中部时间。

"湖可能已经写下了它全部的故事，但我们永远也不知道。"艾琳说。

她们盯着湖上的楔形文字爬到了没有文字的地方，那里的冰很干净透明，下面是一眼看不到底的黑暗，仿佛是通向另一个世界的窗户。

她们趴在那儿，透过冰面上的熔接图案和被困在里面的气泡向下看。

"我希望我们能在下面看到一条鱼或一只乌龟，或者其他更多的东西。"瑞尔说。似乎任何东西都会随时游入她们的视线当中。但实际上，那里有的只是一片琥珀色的叶子，就像一颗磨损的心悬在垂直的白色裂缝边缘，裂缝一直向下延伸，直到消失在视线里。

※

探险家亚美瑞格·韦斯普奇[①]发布了美洲东海岸的第一张地图，也因此意外地命名了两片大陆以及很久以后艾琳的一位祖先，艾美丽佳，之前是艾美利肯。艾美丽佳·豪尔斯是一位著名的酋长，她的父亲曾如此宣称。她不这么想，她觉得这个名字是他偷来的。不管怎样，

---

① Amerigo Vespucci，意大利探险家，南北美洲（America）是以其名命名。

维尼·简曾经追溯过艾美丽佳·豪尔斯的宗系，还从书上复印了照片。维尼·简未出嫁时，她的奥吉布瓦姓氏是斯欧希尔[1]，来源于某个法国船夫对印第安人的客气称呼，但她和家人已经断绝关系了，她甚至都不使用这个姓氏了，但还坚持认同她的氏族——鹤族阿吉加卡。总之，牧师和新教徒传教士都误解了这些姓名中蕴含的意义，他们将其同洗礼或婚姻文件中的内容进行了粗略的近似对应。

商人们在记事本上记下的印第安人名字暗示的是在无数朗姆酒和弹药面前屈服的无数水牛或海狸的皮。枪、酒、神、政府——美国印第安人的姓氏来源曾经拥有如此强烈的个人色彩。艾琳·艾美丽佳，她的名字现在同解密影像的密码联系在一起，她的肖像画无处不在。她一动不动地让丈夫作画，一种接着一种变换着姿势，她已经在世界上释放了一个自己的替身。现在已经不可能将那个幻影收回来了。吉尔拥有它，他踩住了她的影子。

维尼·简曾经给艾琳看过一张画，在画中，一群孩子想消灭影子，于是他们在影子上盖满了鹅卵石。她告诉艾琳曾经有个巫医用他的影子治好了病。还有各种各样的故事：有个邪恶的温迪戈[2]，他的力量来源于自己的影子。但在正午时分，一个小女孩就可以把他杀死。通过影子可以捕捉灵魂。在奥吉布瓦语中，“哇吧姆吉喳吉瓦嗯”的意思是镜子，这个词也用来代指影子和灵魂：你的灵魂是可见的，能够被看见。吉尔在画艾琳的时候，已经用脚踩住了她的

---

① Sourcier，法语意为占水师，即卜测水源所在的人，系法国殖民者以职业称呼印第安人，后演变为姓氏。

② 美国与加拿大接壤地带阿尔冈昆部落传统信仰中的食人魔，流行于奥吉布瓦族、索尔托族、克里族等印第安人部落。

影子。尽管她试图将影子从他脚下拽出，但根本拽不动他脚后跟下面那一团乱麻般的黑暗。

※

“我的名字有什么含义？”瑞尔问，“再跟我说说我的名字。”

“你是以一位诗人的名字命名的。”艾琳说，“这位诗人有建立印第安国家的宏图壮志，但一场血腥的大雪过后，他的愿景永远埋葬在了加拿大的巴托什。这就是为什么你必须坚强。”

她用故作夸张的语气说着，身上有强烈的酒精味、柔和的香水味和一种厚重的温暖，她的头发缠在了一起，散发着酸味。她们蜷缩在沙发上，狗把尾巴放在了她们身上，虽然狗是不允许上沙发的。吉尔走了进来，两只狗跳下沙发，小心翼翼地在他周围走动，揣摩着他的情绪。但是吉尔没有注意到狗刚才上了沙发，他大步流星地穿过房间。斯通尼已经在沙发的一头睡着了，手中紧紧地握着他那只破旧的狮子。狗儿们跳回到沙发上，把后腿挤进了瑞尔和斯通尼之间，艾琳将瑞尔搂得更紧了。

“全仰仗路易丝·瑞尔的战斗，印第安人和梅蒂人才能拥有自己的土地。”艾琳说，“他们在自己的土地上劳作了多年，但是政府不肯给他们土地所有权。”她讲的总是这同一个故事。“斯通尼是以伟大的印第安部族首领斯通·查尔德（意为‘石头之子’，也有些人叫他‘岩石男孩’）的名字命名的。我的名字艾琳取自《晚安艾琳》这首歌，显然，爸爸在我出生的那个晚上在酒吧里听到了这首歌。我觉得他没有将全部歌词听完。”艾琳自言自语道。

“什么歌词？”瑞尔问。

“跳进河里死掉的歌词。这首歌真的有点病态，但你爸爸还给我唱过，当时我们哈哈大笑。”

“病态是什么意思？”

“就是要人命。”

“你这么爱爸爸，我很高兴。”瑞尔说，“我很高兴你们这么幸福，即使你们吵架，你们还是幸福的，是不是？我的意思是，人们不可能永远意见一致，是不是？所以有时候你生气也是正常的。”

瑞尔一直在说话，语速越来越快。

“我知道你爱他，因为你会亲吻他，我知道他爱你，因为他画了那么多关于你的画，他也一直在告诉我们他是多么爱你，他会为你做任何事情，妈妈。”

“亲爱的，睡吧。”艾琳说，“我们会在梦中再见的。”她抚摸着瑞尔的额头，瑞尔闭上了眼睛。艾琳开始唱《晚安艾琳》，唱着那些病态的歌词：“我爱艾琳，上帝知道我是真爱。我会爱她爱到海枯石烂。如果艾琳不爱我，我会服用吗啡然后死掉。”她听到吉尔笑了。

“谁来分发吗啡呢？”吉尔走进房间，狗从沙发上跳了下来，他弯下腰，抱起斯通尼，温柔地把他抱到了楼上。

※

艾琳是个散漫的读者，床边、咖啡桌上、浴室里，到处都堆着她读了一半的书。她很少有耐心读完一本书，尽管读书时，她会耐心地在索引卡片上做笔记。一堆堆的索引卡片乱七八糟地塞在书本中，让床边已经快要倒塌的书堆更加摇摇欲坠。和艾琳相比，吉尔读书更仔细，开始阅读一本书后，就一定会把它读完。他对书籍的敬畏始于母亲带回家的漫威漫画册。那些漫画册都是被人扔掉的，书页散发着霉味，书脊破损，露出了里面的硬纸板，没有什么比像拯救一个人一样拯救一本书更重要。吉尔从来不会直接把书放在地上，他总会在书下垫上一本杂志、一张纸，甚至是一条做饭时用的毛巾，以免划伤封面。因此，艾琳床边那堆歪歪斜斜的书冒犯了他。她是一个只有三分钟热度的读者，对书籍缺乏敬畏，很不懂得尊重。吉尔做梦也不会想到，竟有人会拿面巾纸作书签。他焦虑地看着那些摊开的平装书，总会垫上一张纸，然后轻轻地把书合上。他似乎觉得当自己合上书时，一定得有书签在手边，就像医生按住伤口的双手抬起后，手边就有绷带用于止血。仿佛吉尔的视线一移开，那些文字就会逃离。艾琳觉得吉尔的这个小举动很讨人喜欢，他讨人喜欢的小举动还有很多。

艾琳会同时阅读好几本书，就算是与研究相关的书籍，她也不会从头读到尾，有时她会先读那些精彩的部分，比如战争、婚礼或是死亡。如果她要读传记，她会立刻把书翻到有照片或插图的那几页，研究了人物的长相之后再翻回去，从头开始读。难怪她没能坚持读完博士，吉尔想。她怎么可能成为一个学者呢？吉尔觉得她缺乏意志力。他觉得读书时，应该先让书中的文字塑造人物的形象，再用照片作为后续参考。艾琳读传记的方式经常让他恼火，但在某种程度上他也很羡慕她，这进一步证明了她对书是何等自信。她像对待仆人一样对待书籍，而他则是书籍的仆人。

艾琳经常跟吉尔讲起她正在读的书里的逸事。有时她会假装不知道自己所讲的故事出自哪本书，假装自己忘了故事的出处。吉尔喜欢帮她寻根溯源——他说自己是在为她“暖脚”。很多时候，他发现她讲故事时添油加醋，以便阐明自己的某些观点。实际上她不想让他找到出处，从而发现她讲的故事与原文不符。

对此他很是愤怒，却也深深着迷，他相信她是在试图通过隐喻同他交流。艾琳给他当模特的那个晚上，说她最近在读艺术家乔治·凯特林的信件和笔记。

凯特林 1796 年生于宾夕法尼亚州的威尔克斯 - 巴里，家中有十四个孩子，他排行第五。上大学后，他读了法律专业，毕业后从事了两年法律工作，直到 1823 年放弃了参加司法考试。之后他就成了一位肖像画家。1831 年凯特林开始拜访各个部落——主要是落基山脉东部大草原上的部落。他在印第安人中间生活了很多年，研究他们的习惯，学习他们的语言，描绘他们的形象。

艾琳告诉吉尔，乔治·凯特林坐船行于河上时，被曼丹部落的人拦住了，当时他才刚刚离开这个部落。曼丹人跟踪他，是为了拿回一个漂亮女孩的肖像画。他们说这个名叫水貂的女孩快死了，因为这幅画画得太像她了，凯特林将她身上太多的东西放入了画中，所以当他把画从村落拿走时，也就带走了她生命的一部分。水貂的嘴里开始流血，她正在呕血。她的家人告诉凯特林，他带走她的画像就等于从她的心脏中往外抽线，而那些线很快就会断裂。他们请求他把画还回去。

“但是凯特林拒绝了他们。”艾琳说，“他说，自己作画时全神贯注，也把自己的一部分放进了画里，如果把画还回去，他就会生病。”

曼丹人提议要立刻把画带回去烧了，这幅画能同时摧毁两个人，画太危险了，不该存在于世上。凯特林说他会亲手把画烧掉。大家离开了，并不相信他的话，仍然深感绝望。他们回到家时，水貂已经死了。在1838年纽约奥尔巴尼的“印第安人画展”上，凯特林展出了她的肖像画。

※

第二天，吉尔发现艾琳所讲的故事出自《北美印第安人的礼仪、习俗和环境：信件和笔记》，是第二卷中的第五十四封信。它只是一个更长的故事中的一部分——像个引子，或是旁白。艾琳所讲的这个关于水貂的故事，前一部分是真的，但后一部分是假的。凯特林其实归还了画像。事实上，他当时立刻卷起了画作，把它还给了女孩的族人，尽管他不想与这幅画分开。从书中无法确定这幅肖像画是否留存了下来，也无法确定展出的那幅画是不是原画的复制品。吉尔觉得，艾琳篡改了这个故事，也许是想试图告诉他什么。他是不是也在画她的过程中偷走了她的什么东西？他是否复刻了她的形象，将之保存在了画作之中？他是否将艾琳身上的太多东西放入了画中，从而在某种程度上正在摧毁"真正的"艾琳？他是否正在从她的心脏中抽出线来，那些线是不是很快就会断裂？或是已经断裂了？

2007年11月6日

蓝色笔记本

今天下午我出门时，你问我是不是要去杂货店，我说不是。我没有解释自己要去哪儿，只是笑了笑就出门了。我为什么要告诉你我要去哪儿？人只有在愉快舒适的关系中才会这么做，但我们的关系不是——你犯了规。当然，我记得，我们俩都曾在其他事情上犯过规——为了寻找不同的自我。最糟的是，我们还曾把孩子们卷了进来。为了孩子们，我们会努力改进自己的行为，纠正这些错误。但这一次的事情不同。

每当我想象你下楼来到我的办公室，从旧账单后拿出我的日记时，就觉得难以忍受。我知道，在其他人看来，这或许只是个微不足道的小错。

但是我……

写到这儿，艾琳停下了笔，活动了一下她又干又冷的双手。寒冷侵入心头，她开始颤抖，穿上外套后，她接着写道：

……觉得这件事如生死般重要。

你会读到我所记录的那一刻——你突然显露一切的那一刻，我停止爱你的那一刻，我认识了真正的你的那一刻。但事实上，并不存在“某一个”时刻，你应该知道这一点。

不被“历史性时刻”这一概念迷惑是多么困难。这一点我曾反反复复地告诉过你。根据这一概念，某个动作、某个瞬间的真相可以改变一切。当我讲述故事、叙述历史事件、寻找那一系列我们可以称之为“历史”的事件时，我遇到了很多困难，这些我也不止一次地写在了日记里。组成历史的时刻太多了，从来不会只是某一个。有许多清晰的点，有许多原因共同造成了一个结果。然而，当这许多的点不断出现，当这许多的时刻不断发生，我应该告诉你，我们终将迎来一个最终的时刻，最后一幕。

当我离开一个人时，我总是会经历最终那一刻——终于意识到我已经离他而去了。如果对方是我的恋人，我总是会在达到性高潮以后才经历这一刻。

在那令人震惊的平静中，我确信我们的关系已走到了终点。此生之中，我们已经走了这么远，我们再也不会做爱了。这些最后的时刻总是发生在最疯狂、最孤注一掷或是最怒不可遏的性爱之后。我会抚摸着身上的瘀伤或咬痕，心想，在伤痕消失之前，你就已经离开了。对于这一点我没有丝毫怀疑。

这样的时刻可能会被电影镜头捕捉到，它会出现在演员的脸上，或是一幅画中。当你为我画像时，我觉得你已经捕获到了它，只是你自己不知道。在虚构的作品中，我总觉得这样的时刻平淡乏味。但在现实生活中，这样的时刻显得至关重要、优雅而悲伤，就像一场自然而然的死亡。这无关孩子们，有时候孩子们被卷进来了，你需要采取行动保护他们——但这样的时刻与此无关。你必须得不停地尝试。所以我们做爱之后，尽管有很多次我都感觉到了那一时刻，意识到我已经离开了，一切都结束了，结局已昭然若揭，但我一直都在压抑着自己，不让自己明确地意识到这一点，不让自己意识到我已经撑不下去了。换句话说，这意味着我们结束之后，我仍在与你做爱，到现在为止这样“自然而然的死亡”已经在我们之间发生了很多次，我不明白你怎么还能继续和我做爱？我已经是行尸走肉了，一切都只是条件反射。然而随着时间的推移，这种机械的复生也拥有了自己邪恶的活力。

正如从前的那些夜晚，那些我与别人走到尽头的夜晚，我不再为自己暴露出来的贪婪欲望而忧心。你也是一样。于是，我们做爱时的蔑视越来越深。想象你偷看我的日记时，我也感受到了同样的耻辱，但我承认，有时我也觉得这样很刺激。

※

艾琳刚从后门进屋，就听到了吉尔离开地下室上楼的声音。他一直在我的办公室里，她想，他在读我的红色日记。她脱掉外套、扔下围巾，猛地把靴子踢到了墙上，走到了客厅最温暖的角落，倒在了沙发上。狗儿们朝她跑来，它们神经紧绷，想出去走走。两条狗把头靠在了艾琳的大腿上，满怀热情地仰视着她，互相推来搡去，嫌对方挡在了自己前面。艾琳抚摸它们时，它们愉快地扭动着下巴。突然，艾琳一把抱住了年纪较大的那条狗，把它放在了自己的大腿上，就好像它还是只小狗。这条狗像孩子一样既惊慌又愉悦，坐卧不宁。狗很重，艾琳用力抱着它，在狗的耳边轻声说着什么，直到狗放松下来，伸出舌头，变得安静。过了一会儿，艾琳意识到狗的姿势很不好受，就让它转了个身，狗舒服地叫了一声。艾琳把手指伸进狗耳朵后面柔软的那簇毛里，狗闭上了眼睛。另一只狗把头枕在她的膝盖上，仰视着她。它们是感情充沛的学者，它们什么都知道。

“接下来会怎么样呢？”艾琳喃喃说道。

※

吉尔从未想过自己到底做了什么，为什么斯通尼出生后不久，艾琳就不再爱他了。“9·11”事件发生当天，斯通尼降生于明尼阿波利斯市河畔森林医院的分娩室中。分娩室里贴着淡绿色的印花墙纸，墙纸边缘画着跳跃的三文鱼。艾琳说：“三文鱼在上游产卵之后就会死亡，这样的图案适合出现在分娩室吗？我不这么认为。”艾琳在床上扭动着身子，蹬掉了腿上的床单。墙上挂着一台巨大的电视机，还有一把拉兹男孩[①]牌子的椅子，上面盖着婴儿塑料围嘴。分娩的前一晚艾琳想睡一会儿，但到凌晨五点，宫缩就已经疼得让她睡不着了，七点她进了分娩室。看到分娩室中的大电视，艾琳说：“该死，谁生孩子的时候还会看电视呢？”吉尔正想着“我也许会看电视吧”，一名护士就跑了进来说：“你们一定得看看这个。”说着，她打开了电视。他们看到了双子塔正在坍塌，艾琳的分娩被迫中止了大约一个小时。

“现在你必须关掉电视。”她对吉尔说，“如果你还想让我把这个孩子生下来，就把电视关了。”

“但是……”吉尔说。

艾琳充满恨意地看着他，让他吃了一惊。这就是她摘下面具的

① 美国家具品牌。

样子。她脸上的凶猛和愤怒震撼了他，接着他开始帮她调整呼吸节奏，记录宫缩时间。但他也得休息，一休息他就不自觉地跑到了休息室，打开电视看看事件的进展。每当他想从床边走开，艾琳就喘着气，央求他不要走。但他还是出去了，一次又一次，甚至当一名护士严厉干脆地告诉他“她需要你”后，他也仍然如故。他们不得不将他从引人入胜的新闻评论里拽到现实的分娩中。后来，吉尔为此事不停地道歉，深感愧疚，但很显然，无论他再做什么，都于事无补了。吉尔觉得，正是这件事让艾琳不再爱他了。

※

晚上，吉尔看着艾琳说：“你知道吗，我永远不会原谅我自己，在斯通尼出生的时候那么心不在焉。”

艾琳没有看他。“你对此道歉的次数已经够多了。”她说，“你还没能释怀吗？我已经忘了。”

※

斯通尼坐在桌子的一头，桌上放着一沓复印纸和一盒彩色马克笔。他什么东西都会画，没有什么能吓倒他。你想要一座城市？斯通尼就会画出好几页高高窄窄的摩天大楼，并且毅然决然地画上一排歪歪扭扭的小窗户。你想要一群大象、水牛、犀牛，还是鸟？你想要一群鸟吗？斯通尼会画各种各样的鸟。你想要鸟儿骑自行车？你想要长了腿的建筑？你想要长了个大楼脑袋的人？你想要云朵、蓝天，还是太阳？他会按照你的要求作画，也会描绘日常生活。他描绘睡在沙发上的爸爸、看着爸爸睡觉的狗，他描绘瑞尔学习或偷玩《魔兽世界》的样子。瑞尔让他把这幅画藏起来，斯通尼就照做了。他画了弗洛里安系着绿色印花围巾的样子，他喜欢这幅画。弗洛里安向弟弟展示了自己的秘密文身——一条吞食自己尾巴的蛇。斯通尼把文身画了下来，把画送给了弗洛里安，没跟任何人说起过这件事。他几乎每天都画妈妈，画穿着漂亮裙子的妈妈，条纹裙、波点裙，如果是条印有花卉图案的裙子，他就在妈妈的头上画一朵与之相配的花。在每一幅画中，斯通尼都在妈妈的手上画了一根小棍子，棍子的顶端有个小小的半月形。

晚餐前，艾琳、瑞尔和弗洛里安坐在一起，欣赏着斯通尼的作品展——斯通尼正在向他们展示着自己那堆画作。

艾琳翻看着自己的肖像画，欣赏着那些精心描绘的服饰，她说："你看，我手上的这个东西，就像一个附属物似的，一直在那里，每张画里都有，那是什么东西，斯通尼？"

"酒杯。"

艾琳沉默了。

"他以为那是你身体的一部分。"弗洛里安说。

※

有时候吉尔上午会出门去看《卢克丽霞的肖像》[①]，明尼阿波利斯市艺术博物馆开车五分钟就能到，开门后大约一个小时以内，里面几乎都没有什么人。吉尔说这就好像拥有伦勃朗的画作，却不用为此支付保险费用，也不用担心保养维修画作的事。他认识这儿的馆长——《艾美丽佳 6》、《艾美丽佳 18》和《艾美丽佳 70》都属于该馆的永久馆藏。但为数不多的几个保安认为吉尔只是个喜欢伦勃朗的普通人。他会坐在画前的木制长凳上，陪《卢克丽霞的肖像》待上半个小时，如果没有人来挡在他们之间，他会坐更长时间。

罗马历史学家李维在《罗马建城纪年》中讲述了卢克丽霞的故事。卢克丽霞是一位品行端正、忠贞不渝的妻子，残酷好色的塞斯德·塔克文想要趁她丈夫外出时勾引她，被卢克丽霞拒绝后，就威胁她要杀死她和她的奴隶，然后将他俩一起放在婚床上，让她丈夫误会。卢克丽霞妥协了。她的丈夫和儿子一回来，卢克丽霞就告诉了他们自己被强奸的事，然后拿刀刺死了自己。关于她，伦勃朗画了三幅画，一幅丢失了，另一幅画的就是卢克丽霞将刀

---

① 荷兰画家伦勃朗·梵·莱茵的油画作品。

子刺入心脏的一幕。在明尼阿波利斯市博物馆中的这一幅画的是卢克丽霞对自己实施了暴行之后的场景：她手中握着带血刀，睡衣上浸满了鲜血，衣服上的薄纱萦绕在她身上，她的精神像安静燃烧的烈火，消融了她的外貌，虽然生命已经枯竭但她的精神仍焕发着勃勃生机。

吉尔看到卢克丽霞的眼中溢出了超验的震撼，自1666年开始，她的眼中就一直充满泪水，目光中满是温柔，稍微一丝悲伤都可以动摇吉尔。有时候他坐在长凳上，眼中也满是泪水，视线模糊。他经常会思考迷茫的卢克丽霞是什么样子。他曾把艾琳画成了卢克丽霞。画中的艾琳也露出了无可奈何的悲伤表情，带着一种深深的羞愧和爱意，以至于她不能忍受她和丈夫之间存在任何污点。画中的艾琳穿着卢克丽霞的衣服，身上有血迹和锈迹。艾琳的右手也握着一根细绳，象征着她剩余的生命。但艾琳的左手中握的不是刀——吉尔画了一瓶酒。

※

吉尔全心全意地爱着家人，全心全意到让人绝望，因为他内心深知家人们都在逃避他。他们会像宠物一样对着他笑，他们会称赞他，他们会发出不自然的笑声，他相信有时他们是真心实意的，但有时他们只是怕他，他把家人们都伤害了，但还没造成永久性的伤害。他打过他们，每一个人都打过，但从未留下伤痕，这一点很重要。他沉默寡言、忧郁，说话话中带刺，但魅力十足。艾琳以为他要大喊大叫的时候，他笑了，瞬间变得让人喜爱。他也不总是在生气。事实是，他想让艾琳将百分之百的注意力都放在他身上，孩子们出生之前，她是这样做的，但他们的出生带走了艾琳的注意力，吉尔嫉妒了，从一开始就嫉妒。

他意识到了自己的嫉妒之情，他想完全占有艾琳。他和艾琳都是由单亲母亲抚养长大的，从一开始，他们的结合就很容易理解——二人可以互为父母和恋人，这种关系一直都没有问题，直到他们真正地为人父母。对艾琳而言，对孩子们的爱美好得就像一种天启之物。对吉尔来说也是这样，但他同时也深感崩溃，因为他能看出，现在艾琳把孩子们放在首位了，最爱的总是他们。艾琳每怀一次孕，他俩做爱的频率就会降低，尽管吉尔还在痴迷地画她。吉尔感到潮汐正在慢慢退去，虽然每天退去的只是一点点，但现在他已孤身一人站在远离大海的干燥的沙滩上了。

伤害他们之后，他就精心用各种方式进行补偿，他努力过了，虽然有时行动违背了他的本意，有时结果让他非常失望——谦卑准备的完美晚餐最终却让每个人都觉得痛苦，送出的礼物被对方心怀感激、开开心心地接受了，后来却被藏在柜子的角落。

他们当中，瑞尔是最难取悦的一个。她似乎什么都不想要，一贯如此。去年圣诞节，吉尔问她想要什么礼物，瑞尔说想要纸。“好吧，我会送你纸的。”吉尔说道。去年圣诞节他就只送了她纸，最糟糕的是，瑞尔在拆开礼物包装，看到那盒纸时，吉尔甚至猜不出她是真心实意地开心还是笑中带着嘲讽——换作他自己，可能就会这样嘲讽地笑——但他提醒自己，他小的时候也想要纸，无数用来画画的纸。

※

瑞尔站在那盒纸上，够到了她柜子最上层的架子，取下了她偷偷藏在那里的糖果。纸可以用来做各种事情，她可以在纸上画很多很多的卡通画，可以用纸、胶水和瓶盖做小动物，可以把叶子贴在纸上。瑞尔说想要纸时，语气中并无讽刺意味。手边随时有纸可用是件好事，当她有了新点子时，总是很高兴手边有纸。

瑞尔在吃万圣节糖果——她已经开始吃包在锡纸里的花生酱巧克力了。这时，瑞尔想起了她的吸血鬼服装，接着发现她想不起去年万圣节自己的装扮了。接着她又发现：昨天的事情，甚至今天早上的事情都不如一小时前、几分钟前或者她现在正在做的事情那样生动。她回想上周的此时自己做了什么的时候，发现那天的情形模糊不清，细节混乱，连人物都不清晰。她闭上眼睛，开始回想她的老师斯特罗姆夫人，回想她的朋友们，一个接一个地回想。他们短暂地出现在她脑海中，但他们的形象如流动的溪水，飘忽不定，接着在潺潺流水中消失了。连妈妈、爸爸和斯通尼的脸庞也是如此。但当她想起哥哥时，弗洛里安的形象却非常清晰，这让她非常惊讶。脑海中，弗洛里安安安稳稳地站在那儿，冲她微笑、皱眉。他没有消失，反而显得更加生动，她可以回想起不同情绪中的弗洛里安，仿佛在看一副画着弗洛里安面孔的扑克牌。

她能想起弗洛里安学习时紧紧抿着嘴唇的样子，还有他在计算复杂难懂的数学题时，手中的铅笔在本子上唰唰飞过的场景。爸爸叫吉尔伯特·弗洛里安，祖父叫弗洛里安·拉罗斯，哥哥就是以他们二人的名字命名的。瑞尔可以命令脑海中的哥哥把头发上的水甩掉，让他穿上破烂的牛仔裤和摇滚乐队的 T 恤，斜站在那里——他有几十套这样的衣服。牛仔裤配黑色 T 恤简直是弗洛里安的标配了，史密斯、奇想、爱丽丝囚徒和冷战孩童等乐队的纪念 T 恤他都有。她可以在脑中清楚地看到他，但其他人的形象都飘忽不定，这真是让人费解。两条狗也和弗洛里安一样，瑞尔可以随时在脑中看到它们。但她会想不出其他人、其他事，这仍然让她感到震惊。

瑞尔决定绘制一个记忆图表，这样她就不会忘记那些发生过的事情了。她把那盒纸装进旧活页夹里，在每一页写下一段记忆。有时她会特意回想起某段经历，有时记忆只是不期而至，她都会在纸上写下日期。她把这些事情拼凑在一起。这个活页夹让她自豪，因为她意识到，离开了活页夹，想要按照事情发生的先后顺序把它们全部回忆起来，是不可能的事，她必须时刻保持警惕，一记起什么事情就把它写下来。接下来的几天，瑞尔不断充实她的记忆图表，第一次意识到自己是一个印第安人、一个美国印第安人、一个美洲原住民。她记起的大部分事情都与祛病祈祷、看望奶奶、守夜、仪式庆典相关，她记得自己把烟草放在地上与妈妈一起祈祷的情形。许多事情已多年未做了，但她仍然是印第安人。虽然她肤色浅，眼睛是浑浊的淡褐色，但她仍然是一个印第安人，不对吗？她在学校也学习了印第安人的相关知识，知道他们可以在野外生存，生活在水牛背上，带着弓箭狩猎，他们从不哭泣，只有看到白人将他们的土地变成废墟时才会流泪。印第安人一直穿着巫医的服饰，能和动物交谈。瑞尔不得不思考为什么这些事情她都做不到。也许她可以训练自己，毕竟，身为印第安人，这一切都会变得非常容易。

瑞尔想起了斯通尼出生时的情形，他在世贸双塔被袭击那天出生。那天她和吓得动弹不得的保姆一起从头到尾地看了电视上“9·11”事件的全部报道。从那以后，她明白了一个道理：一切皆有可能，她必须时刻做好准备，有所规划——要利用祖先们的技能在恐怖袭击中存活下来。她在妈妈床边的那一堆堆书里寻找着信息，找出了夹着绿粉色标签的书卷和年代久远的绿色精装书，瑞尔把书搬进了自己的房间，一有机会就读。

她读到了酋长“黑鸟”和他的马的葬礼故事，他葬在了密西西比河上方美丽的峭壁高处。死去的首领手上涂满了朱砂，放在他爱马的身体两侧，按在马身上的两个手印意味着，他将永远拥有这匹马。

被葬的“黑鸟”酋长身着最好的服装，拿着武器和烟草，马驮着酋长的尸体，它被迫站在那儿，马腿周围的土块和草堆一直摞到了马身的高度，让它动弹不得，接着又堆到了它的颈部，此时将马活埋就很容易了。

她读到乔治·凯特林在几年之后进入野花覆盖的墓穴，偷走了马和酋长的头颅，把它们带回东部展出。

她读到曼丹人将祖先的头颅摆成一个圆圈，充满爱意地同头颅交谈，整整一个下午都在同他们的祖先进行精神交流；这些圆圈中，最古老的头颅已化为尘土，只有牙齿留在草地上。一副副抛光的牙齿围成了圈。

她读到了玛托托帕酋长的事迹，他是一位疼爱子女的父亲、爱护妻子的丈夫，他勇敢血腥的一生被画在了一件牛皮长袍上。玛托托帕的兄弟被战士沃伽塔杀害了，尸体上还插着一根长矛。玛托托帕把长矛拔了出来，将它保存了四年，长矛上面还留着他兄弟干涸的血迹。四年的时间一过，玛托托帕酋长就突然跳了起来，挥舞着长矛喊道：这根长矛将尝到沃伽塔心脏的血，否则玛托托帕的影子会和他兄弟的影子一起长埋地下！

玛托托帕走了二百英里路，来到了敌人的村庄，当村民正准备睡觉的时候，他走进了敌人的茅草屋里，吃了一碗敌人家的烧肉，亮明了自己的身份后，把沃伽塔捅死了，然后逃离了怒吼和追逐。

她读到了夜晚草地上发生火灾的景象，读到了他们是如何戴着流动的火焰项链偷偷穿过断崖顶部的。她读到曼丹人用绳索套住马匹，把马勒得窒息之后又用自己的呼吸帮马复活，在短短几个小时之内就驯服了它们。她读到了曼丹人有趣的外表，卡特林说他们的外表表现出了一种特别的舒适和优雅，淡褐色、灰色、蓝色的眼睛，头发的颜色多种多样，不管是刚出生的婴儿还是成年人，其中都有人的头发是明亮的银灰色，甚至是发光的白色。

她读到了年轻的曼丹人是如何训练的，他们如何不断地骑行、打猎、禁食禁水、被刺、被挂在绳子上。读到了他们如何为了维护伟大的精神而牺牲，然后在持续多日的痛苦仪式中不断重生，他们带着愉快的微笑忍受了这一切。

读到这些历史的时候，她决定自己不仅仅要做个原住民、美洲印第安人、奥吉布瓦人、达科他人、克里人，还要做一个楷模。她要做一个有深度、有力量、狡猾、手握真理的女孩。她确信随着时间的推移，她会想出战胜爸爸的办法，只要她观察得够仔细。简而言之，她决定要夺走他的力量。

※

瑞尔开始训练自己学习这些印第安人古老的能力，第二天，她放学回家的时候看到爸爸正在门口等着。瑞尔站在门垫上，抖落靴子上的雪。

“别把这儿弄成个小水坑。”他说，“去外面把靴子上的雪都抖干净再进门。”

雪下得不大，但湿湿黏黏的。她的头发里有雪花，进门的时候，吉尔抬起手，想把她头发里的雪掸掉，她吓得退缩了一下。

她曾向自己保证，永远也不退缩、不胆怯，她见过弗洛里安胆怯的样子——把手护在头上往后退，她永远也不要这样做。但是她退缩了，因为在洒满阳光的门厅中，爸爸的手突如其来地落了下来。她后来意识到，自己退缩的动作让爸爸生气了，从这个动作中可以明显看出他以前打过她。现在他又要打她了，她用手捂着脸大声问：“你为什么要打我？”

这是夺取他力量的第一步——要随时留心他的举动。

但她还没来得及执行计划的第二步，他就已经走了，她不敢穿着湿漉漉的靴子追上去，在抛过光的木地板上留下水渍。

一想到自己要做的疯狂事，她就觉得这幅景象很荒谬。

也许只有某些印第安人才能成功，她想，但她的沮丧稍纵即逝。毕竟她才刚刚开始训练自己。

也许她已经做成了一些事情。

“你为什么要打我？”这句话跟随吉尔进了厨房，他倒了杯酒，感到懊悔。并不是真的懊悔，他的懊悔之情很快会转变为送礼的动机。他拿起杯子坐下，一个想法突然闯入脑中，挥之不去。

他决定去问问艾琳，问问每个孩子（甚至包括瑞尔），他们最想要什么，他们渴望什么，有什么东西是他们想要，但觉得自己永远不会拥有的。他会意外地卖掉一幅画——只卖掉一小幅肖像画，能赚够外快就行，他要给他们每个人买一样东西——无论这东西有多么奢侈或难买。他偷偷给自己的这个计划起了个名字：心之渴望。他希望给他们一个惊喜，实现他们的梦想。

※

如果你想要什么就能得到什么，他轮流问询每一位家人，在这个世界上，在这个天底下，尽管天马行空地想一想吧，你最想拥有什么？

斯通尼皱着眉头说："一片云。"

瑞尔还在为刚才的退缩感到羞愧。但即便如此，她还是希望爸爸能好好思考她的答案。她说："世界和平。"印第安人已繁衍了七代，她知道世界和平是印第安祖先对后代的最大期盼。

弗洛里安谎称他想打曲棍球。吉尔让他再说一遍，弗洛里安照做了。

"你想要什么，艾琳？"那天晚上吉尔问。

艾琳说："我想要你离开。"

吉尔呆住了，然后哈哈大笑："我不能离开。如果我走了谁会带弗洛里安去练曲棍球呢？每天凌晨五点都要练。"

※

吉尔为瑞尔制作了一个大标语牌，上面写着“向伊拉克和伊朗战争说不”，他们一起把标语牌挂在了后院里。他抱着她，说他们会一起参加反战集会。她为自己感到高兴而自豪，也热切地希望她不必像旧日的祖先一样行事，可以穿高跟鞋、玩冲浪板或者滑板，头盔上画的不是粉色夏威夷花朵，而是被火焰包围的有翅膀的黑色头颅。

吉尔给弗洛里安买了价值数百美元的曲棍球装备，第三天早上打球时，他对爸爸说他痛恨这项运动，说完他俩都松了口气。

吉尔雇了他在圣保罗当艺术家时认识的一个朋友来给斯通尼房间的天花板画上天空和云彩。这位朋友名叫路易丝，通常画的是大型画，但吉尔想要实现小儿子愿望的做法打动了她，她立刻就过来帮忙了。

在这之前，路易丝与艾琳之间就存在着某种联系了，吉尔对此不知情，实际上，艾琳也不知道有这回事。路易丝对此也不能确定，因此决定先不提及此事，私下找一个机会跟艾琳聊聊，她从未见过的艾琳。

路易丝画画的时候，艾琳给她送来了茶。

“你想要实现的愿望是什么？”路易丝问。

艾琳说："那是吉尔不能给我的。"

※

两天后路易丝画完了云，她把颜料、抹布、画刷和油布包起来，放进了两个大塑料袋中，下了楼。艾琳正准备出门，路易丝是坐公交车来的，艾琳于是提议开车送她回家。路易丝上车后说她要去女朋友波比的家，位于明尼阿波利斯市南部。

艾琳说："那儿离我长大的地方不远。"

路过氙气咖啡店的时候，路易丝问艾琳记不记得这儿以前是家五金店。

"这地方最棒了！"艾琳说，"过去，我常常在过道上跑上跑下，看那些装在小箱子里的螺丝和螺栓。"

路易丝说："他们有七种活塞，有一种小的是放在浴室水槽里的。"

"那儿有一大堆蓝粉笔。"

"还有剥落的油漆片，那可是免费的，每年春天，还有满架子种子。"

"每年秋天我们都从这儿买学校用品。"

"苏族人的大尺子。"

"大酋长笔记本。"

“我们应该掉头回去，在那儿喝杯咖啡，纪念一下旧日的时光。”路易丝说。

“真的？你真想去？”艾琳问。

氙气咖啡店的复古混搭装修风格让人愉悦，里面有福米加餐桌、尖脚椅子、五颜六色的照明灯具，柔软的蓝沙发上装饰着胶带，两侧是落地灯，灯座是两只黑陶瓷做的豹子。路易丝和艾琳点了大杯拿铁，咖啡装在白色的马克杯里。她们坐在窗边角落的座位上，窗台很宽，窗外下的第一场雪干燥得像筛出来的沙子一样，硬硬的，落在栅栏围着的院子里。风吹起了枯死的牵牛花藤枝，拍打在玻璃框上。

“我不知道你跟吉尔是怎么认识的，真的。”艾琳说，“他只是说很久以前就认识你了。”

“他在罗伯茨大楼开工作室的时候，我在大厅工作。后来他遇到了你，一举成名了，唉。”

路易丝说“唉”时，语气让人想到了保留地的女孩，不过她似乎是有意为之，又仿佛是无心之举，让艾琳觉得很舒服，因为很显然，路易丝童年的大多数时间是在城市里度过的。她没有强调自己的保留地口音——白种人和受过良好教育的印第安人为了寻求归属感，有时说话就会情不自禁地带上那种口音。

“你有孩子吗？”艾琳问道。

“十六岁的时候生了个男孩，那时我还不知道自己是一个快乐坚定的女同性恋。”

“所以他抓住最后的机会出生了。”

路易丝笑了起来。“他很幸运，妈妈帮我一起带大了他。你会跳巫医舞或者其他什么舞吗？你的孩子们会吗？他们都是好孩子。”

“不怎么喜欢，跳得不多。吉尔怎么从来都不聊你的事？他该不会是你儿子的爸爸吧？”

“天哪，当然不是。”

她们又笑了起来。路易丝用手掌擦去嘴角的咖啡沫，她托着腮，手指弯曲，好像正在用一把扇子遮着脸庞。这个姿势非常女性化，显得她很柔弱，像个少女。她的声音很轻，近似耳语，卡哈特裤子和灰色羊毛衬里的牛仔夹克上沾着颜料。她留着帕蒂·史密斯[①]的发型，戴了一只银色的水鸟形状的耳环。她的眼线画得很重，涂着红色口红，肤色很浅，头发是深褐色的，跟她的眼睛颜色一样。艾琳说：“你眼睛和头发的颜色太配了。”

路易丝说：“你也是，你有一米七吗？”

“差不多，我们一样高，哈哈。”

她们盯着对方，艾琳问：“你的女朋友是个怎样的人？”

“波比也有孩子，她有三个孩子，这很好，你懂的，这很稳定。我们很恩爱，并且终于安定下来了。”

“终于？”

“是的，我对……你懂的。”路易丝言辞含糊，视线转向窗外。艾琳等她继续说下去。路易丝扭头看着艾琳，深吸了一口气。她没有问艾琳是否跟女人交往过、是否对女人感兴趣，或者其他类似的

---

① 美国创作歌手和诗人，被誉为“朋克摇滚桂冠诗人”。

事情。但她看起来好像是想说些什么，在这种尴尬的沉默中，艾琳脱口而出，她说自己曾经交过一个女朋友。

“哦。”路易丝说，“曾经交过，也就是说你曾经——和我一样。”路易丝瞪着艾琳，皱着眉头，艾琳不得不继续说下去。

艾琳说：“这种关系，嗯，需要太多的心理认同、太多的精神纽带，这一切都让人有种被侵略的感觉。”

“所以为了保持距离，你找了一个画你裸体的男人？”

艾琳一言不发，等着路易丝道歉，但路易丝似乎没有丝毫歉意。过了一会儿，艾琳耸了耸肩。“不只是画裸体，我还把美国国旗插进屁股里让吉尔画了下来，当时看上去很有趣。”

“天哪！”路易丝说，“我没有见过那幅画。你觉得这是一种——你懂的——你觉得这是一种声明吗？”

“我觉得这是一个很棒的隐喻，内涵丰富。”

“你当时一定喝醉了。”

艾琳说：“当然喝醉了。你真的只是吉尔的朋友吗？”

“是他打电话叫我来的。”路易丝停顿了一下，“这是十年以来的头一次。”

艾琳说：“我不懂。他确实提起过你，你办展览的时候，他会提起你的名字。但我们从来没去看过这些展览，所以我还以为你是他的前女友呢。你甚至从没跟他亲热过？”

“亲热过一次。”路易丝说。

“我就知道！”

“我觉得这次他之所以会来找我，第一个原因是他知道我很会画云彩。我工作室天花板上的云彩都是我画的，在苍穹的母题中像洛可可式小天使的云彩，我刚刚去过萨尔茨堡[1]。第二个原因可能是他心存愧疚，他出名了，发达了，可连根骨头都没扔给过我。”

“根本就没有什么骨头。”

路易丝说：“我不知道，我想也许有。现在我们坐在这儿，嗯，我有些事情得问你，我想问你，你爸爸叫什么名字。”

艾琳说了她爸爸的名字。

路易丝既紧张又害羞，她说，他也是她爸爸。

艾琳用手捂着嘴，皱着眉头，一时说不出话。最后她问：“你来自哪个家族？”

“他从来没有承认过我。”路易丝说，“我妈妈在怀着我的时候嫁给了别人，结果还不错，继父对我很好，我用了妈妈的姓氏。”

艾琳觉得自己脸上的表情变化多样，无法固定其中的任何一种，她将双手放在脸颊上，似乎想把脸压回原有的表情。“我没事。”她说，“你只是不知道，嗯，我也是在妈妈身边长大的，我也没有爸爸，只有妈妈的男朋友们，我没有兄弟姐妹。”

“你在开玩笑。”

艾琳抬起头来说：“我知道你想说什么！一个没有亲戚的印第安人，真可悲。我有很多表兄弟，但我从不跟他们来往。妈妈逃离了她的家族，她在家时日子过得不容易。所以我的家庭七零八落，我有同父异母的兄弟姐妹，我不认识他们。真不敢相信你是我同父

---

① 奥地利西部的一座城市。

异母的姐姐。”

“嘿，我就是你的姐姐，别说什么同父异母了，对于印第安人来说，有血缘关系就是真正的姐妹。”

“我有点震惊，我只是有点震惊，你不觉得震惊吗？”

“不觉得，是这样，我之前就听说过你，只是不确定你是否真是他女儿。”

“什么时候听说的？这么说，你早就知道了？”

路易丝点了点头。“我只是不知道该怎么开口。”

艾琳挥了挥手说：“你大概可以说别难过，撑下去吧。”她的眼里突然涌出了泪水。

“吉尔知道吗？”

“我觉得他不知道。”

“那就不要告诉他。拜托你不要告诉他，好吗？”

※

2007年11月13日
蓝色笔记本

我突然间多了个亲人，一个姐姐；一个专属于我的人，就像妈妈那样，只属于我；一个吉尔不知道我已经先赢得了的人。我一直在孤立自己，只跟孩子们在一起，只跟吉尔在一起。以前我也有朋友，但我把他们都赶走了。遇见吉尔之后我就没有多余的空间留给他们了。现在有狗的陪伴就已足够。狗和书，还有放学回家的孩子们。想到可以给路易丝打电话，同路易丝聊天，这种感觉真的很奇怪。她几乎就是另一个我，我们是一对双胞胎。别人觉不觉得我们长得像，这个我不知道，我觉得我们很相像。我们的头发颜色相同，眼睛也都是深棕色的；我们都有浅棕色的皮肤，厚厚的嘴唇，中等身材；我们都很高，生着好看的颧骨和鼻子，眼角上挑，我一直觉得自己的眼睛太小了，但她的眼睛不小，画着精致的眼线。

斯通尼朝艾琳跑去，抱住了她的腰，抓住她宽松的 T 恤，攥着拳头，声嘶力竭地大哭起来。他两眼紧闭，嘴巴大张，一颗脱落的下牙让他的悲痛显得更加强烈。艾琳感觉自己的心揪了起来，胸口疼痛，她弯下腰抱住儿子，紧紧地抱着他，退到了起居室的沙发边，两人一起倒在了沙发靠垫上。斯通尼将艾琳搂得更紧了，不时猛地一啜，哭得话都说不出来。艾琳抚摸着他洒满阳光的头发，除此之外她什么也做不了。很快，艾琳就感觉到了滚滚热泪浸透她的 T 恤衫。

“怎么了？怎么了？”

哭声又响起了，依然是那样地痛苦有力。接着，斯通尼停了下来。

“我不想做人了。”他激动地说，“我想做一条蛇，我想做老鼠、蜘蛛、狼，或者是猎豹。”

“为什么？发生什么了？”

“做人太难了，我希望我生下来的时候就是乌鸦或浣熊，或者是马，我不想当人了。”

斯通尼又提及了许多动物，接着告诉了妈妈事情缘由。那天下午在学校，斯通尼取笑了一个孩子，老师先是严厉地批评了他，然后告诉他，那个孩子有身体残疾。斯通尼根本不懂什么是残疾。

“你只是犯了一个错。”艾琳说，“没关系。你不是故意的，你说对不起了吗？”

“说了，说了。”斯通尼说着又哭了起来。红扑扑的脸蛋变成了深红色，湿润的睫毛结成一簇，挂着泪珠，两眼肿胀，眼圈哭成了淡紫色。他的悲伤直抵艾琳的心脏，让艾琳松开了双臂，两眼刺痛。她伸手去抱他，但他跑开了，说：“如果你不要我了，我不怪你，我应该被带走。”

艾琳再次伸出手臂，这一次斯通尼倒进了她的怀中。她抱着他，思绪纷飞，她花了很长时间才哄得斯通尼稍微打消了不当人的念头。后来她想起来了，自己的每个孩子在六岁的时候都很有想法，说过一些令人吃惊的话，体会到了羞耻感——有时是在公共场合，有时是在家里。但第一次体会到羞耻感时，这种感觉会深深地刺入心房。那是一种新奇的感觉，新鲜且可怕，让你恨不得从自己的皮囊中钻出来。艾琳几乎忘记了这种感觉。

※

上午，孩子们在学校上课，艾琳坐在办公桌前，拿出从氙气咖啡店里带回来的皱巴巴的棕色纸巾，摊开抚平。路易丝在上面写的字笔画很粗，结构匀称，让人疑心她是否曾上过建筑绘图课。字是她用黑色细尖马克笔写的。那些字母和数字表现出了一种稳定可靠的特点，说明她不是一个冲动的人，她做事考虑周到，原则性很强。艾琳自己的字迹则不然，她的字没有规矩、笨拙，甚至总是在变。她仔细看了看纸上干净整齐的字迹，那是路易丝的地址、电话号码和邮箱地址。

既然路易丝提起了她们是血亲，那么她一定是想认艾琳这个姐妹了，至少一直以来，她一定很想见到艾琳。艾琳已经很久没有交过朋友了，以至于现在她不知道该怎么做才好。这么快就打电话给她好吗？这会让路易丝倍感压力吗？路易丝现在肯定已经知道了，艾琳并不是她丈夫画中描绘的那种形象——她既不是个女英雄，也不是个荡妇。但如果路易丝知道艾琳只是个普通人，可能会感到失望。

也许一开始就以普通自居是最好的方式，艾琳想。她可以这样告诉路易丝：你的新姐妹根本没什么特别的；或者说：你的新姐妹就是一团糟。艾琳想给路易丝打个电话，找一个路易丝肯定不会接电话的时间打过去，这样她就可以留言了，如此一来，要不要回电话、想不想回电话、想不想和艾琳聊天就是路易丝的事情了。

也可以给她发一封电子邮件，如果路易丝不想看到它，可以假装邮件被投进了垃圾箱。但跟很多人不同，艾琳不喜欢发电子邮件。她已经不用邮箱了，因为一写邮件，艾琳就会控制不住地不停写下去，就像以前写信时一样，这让她觉得很沮丧。每当她开始敲打键盘，她就会不自觉地想要倾诉，洋洋洒洒地想要坦白什么。

艾琳是在给孩子们的老师写邮件时发现这一点的，她写了一段又一段，尴尬极了。她删去了所有文字，预约了面谈。事实上，跟这些老师面谈是艾琳唯一固定的社交活动。她喜欢跟老师们面谈，她只需要坐下来，听老师们一条条地说着目标，讲述着斯通尼、瑞尔和弗洛里安的事情。吉尔有段时间也参加了面谈，但在他看来，老师们认为弗洛里安很危险，他们墨守成规的思维理解不了瑞尔。而天知道他们会对天资聪颖的斯通尼做些什么。所以跟老师们面谈的就只有艾琳一个人了。

但现在她有了一个姐姐。她想象着自己和老师谈话时提及姐姐的情形，她可以说“我姐姐路易丝”，甚至是“弗洛里安的阿姨路易丝”，“斯通尼的阿姨”，或是“瑞尔有一位阿姨生活在圣保罗，她叫路易丝”。艾琳按下路易丝的电话号码时，已经是下午了。路易丝的声音传了过来：你好，有事留言。语音直接、简单，没有什么可爱的语气。但是当语音信箱传来了哔的一声，提示她留言开始时，艾琳放下了电话。她回到桌前，继续工作，在索引卡上认真做着笔记，这时路易丝打来了电话，问她想不想来她工作的酒店一起吃一顿“女士们的午餐”——她笑着说出了这几个字。路易丝在为酒店的一间高档会议室画壁画。

“也是画云吗？”

“还有天空，谢天谢地，不用画小天使。”

“我喜欢那里的餐厅，那儿的餐前面包都配了银质黄油钳。”

“黄油放在薄冰上面。”

“那儿很不错，价钱也挺贵的。我请你吧。”

艾琳顿了一下，脸红了。她不该提钱的，这可能冒犯了路易丝，她俩的经济状况大不相同。但路易丝好像没在意。

“我有工资拿的，别担心。嘿，孩子们的学校正在举行帕瓦仪式[①]，我们吃午餐前去看看吧。”

艾琳同意了。挂断电话后，她重新在椅子上坐下，她感受到了路易丝声音中的热情，因此思绪万千、焦虑不安。若是真的和她相处了一段时间，路易丝还会喜欢她吗？或者她会更喜欢吉尔？好像每个人最终都会更喜欢吉尔，他们被吉尔的成功吸引了。他能将自己强大的魅力优雅地传递给每一个人，人人都想成为他专注的对象，艾琳也是如此。他有一种和人相处的天赋，他只需开心地待在那儿，就能让身边的人感觉自己很重要。他对此心知肚明，他说才华像吸铁石一样吸引着人们，无论他们在哪里，都是这样。艾琳已经不再和吉尔一起旅行了，因为就算在一起，旅途中艾琳也会独自一个人待着，最好的待遇也不过是跟吉尔某位害羞的崇拜者——某

① 美洲原住民的一种盛宴和舞蹈仪式。

位女性——待在角落里。他清楚地知道该关注女性的什么地方，他学会了讨好母亲的办法，那可是个大工程，与之相比，讨好其他的女人太轻松了。艾琳认可他取悦女人的能力，所以她很难理解：既然他有这么多的朋友、这么多崇拜他的女人，为什么他好像还是最喜欢艾琳?

她不知道，吉尔钟情于她，恰恰是因为她不需要被取悦。事实上，她讨厌被取悦，害怕被取悦，最后干脆拒绝别人的取悦。这让吉尔束手无策，但他还是会情不自禁地送她鲜花、为她挑衣服、为她烤新鲜的司康饼，送给她笔记本、封蜡、冰箱贴、小花瓶、最近名人推荐的或是最为奢侈的香水。他最早学会的事情就是讨好女人，所以他不得不一直竭尽全力去取悦艾琳，尽管随着时间的推移，取悦艾琳不仅难如登天，甚至让他们的关系变糟了。

※

艾琳说：“不要再送我礼物了，我让你走，你却送我礼物，真是不可理喻。”

“也许你拆开了这份礼物就想留在我身边了。”吉尔说着，向她露出了一个亲切友善的微笑，“我没别的意思，就是碰巧看到了这份礼物，你拆开后会喜欢的。真的，只是件微不足道的小礼物。”

盒子里是一支精致的金色箭头，那是一枚胸针。

“我不喜欢金色。”艾琳边说边把胸针递了回去，“别送我礼物了。”

“那你喜欢银色吗？”

“我是认真的。”艾琳说，“别送我礼物了。”她惊讶地发现，自己固执的举动让吉尔异常心烦。

他走来走去，手里拿着那个漂亮的盒子，把它打开又关上。他将艾琳的反应视作对这份礼物的回绝——也许她是在回绝他所代表的一切，以及他所能做的一切。

“如果你不想要礼物，就不该打开盒子！”

吉尔把盒子朝艾琳的脸上扔去，盒角打到了她的脸颊。艾琳跳了起来，抓起屋里一盏很重的棕色陶器灯，固定在墙上的电线被拽了下来，迸出火花，发出了噼啪的响声。她知道，一旦吉尔做出了侵略性的举动，自己就必须更为强烈地反击，否则他就会越发自信，做出真正伤害她的事情。她握着灯杆，就像握着一根棍子，把它架在自己的肩膀上。灯罩咔嗒一声掉在了咖啡桌上，然后无声地滚落到了地毯上。吉尔瞥了一眼，然后紧紧地盯住她。

斯通尼站在弗洛里安的卧室门口，看着弗洛里安在玩电脑。他手里抓着《逃家小兔》，胳膊下面夹着狮子玩偶。

“怎么了，粲夸克[①]？”弗洛里安问道，眼睛一直没离开电脑

① 这是弗洛里安对斯通尼的称呼，弗洛里安选择用粒子物理学的基本粒子标准模型中的六类夸克给家人取绰号。

屏幕。

斯通尼爬上了弗洛里安乱糟糟的床，蜷缩着身体，靠在枕头上。他知道，如果自己能够安安静静地读书、抱着狮子，弗洛里安就不会轰他走，甚至不介意斯通尼睡在他的床上。

黑暗中，斯通尼清醒地躺在弗洛里安旁边。一时间他觉得非常开心，他不想睡着，他想尽力延长这份开心。弗洛里安平稳的呼吸声、温暖的身体形成了一面墙壁，抵御着外面那不断旋转的无形的黑暗。斯通尼睡意来袭，但一个声音将他惊醒了，妈妈和爸爸正在吵架。情况不算太糟糕，他们只是在大喊大叫，没有猛摔东西的声音，没有碰撞声，没有尖叫声。当然，这些声音通常迟早会响起来，他紧紧闭上了双眼。瑞尔穿过走廊，关上了弗洛里安的房门，把声音拒之门外，然后她也钻进了被子里。斯通尼伸出手，瑞尔握住了他的手。现在斯通尼感觉安全了。弗洛里安在他的另一侧蜷缩着，耳朵压在枕头上。

天刚亮的时候，斯通尼醒了，他蹑手蹑脚地回到了自己的房间，钻进了冰冷的床单里，又睡着了，没做噩梦。过了一会儿，妈妈过来把他叫醒，帮他拿出要穿的衣服。他穿上了衣服，还是觉得困，然后跟弗洛里安下了楼。瑞尔是最后一个下楼的，还没吃几口早饭，他们上学乘坐的公共汽车就在门外停下了。

白天，孩子们再没提及昨夜发生的事情——他们睡在弗洛里安的床上，握着彼此的手。

※

研究绘画、色彩和情感，让吉尔心情很好。他工作时从不觉得孤单，即使有其他的烦心事，他也能静下心来画画。就算艾琳生气，那也不重要了，实际上，她生气反而更好。因为当他们关系和睦的时候，当他依赖艾琳一如既往的无私奉献的时候，他笔下的画作就显得枯燥无味。他必须努力打破自己的满足感。她在情感上疏远他时，他的画就变得狂热了，带着渴望在他的笔下复活。他把他的痛苦、她的捉摸不透、他贪婪的控制欲、她的拒绝、他苦涩的渴望，以及她闷声不响的愤怒全都画进了画里。他渐渐意识到他俩之间的关系越糟糕，他画出的作品就越好。那么怀疑艾琳有了外遇，是否也是因为他想把艾琳从身边推开，以此感受她的缺席带来的心痛，从爱与痛交缠的内心迸发出艺术的火花？他当时还没有意识到这一点。

※

铅白，又名克勒姆尼茨白、铅粉、碱式碳酸铅——这是最好的白色，是吉尔唯一会使用的白色，是最古老的颜色。

老普林尼[1]说，铅白色被用来描绘船只。古罗马人将粪便或尿液覆盖在铅板上，再把铅板上生出的白色薄片刮进罐子里，这样就得到了铅白。荷兰的绘画大师们发明了一种制造铅白的方法——把铅卷装进土罐里，放在小屋里的马粪堆上，把屋门封死。吉尔担心铅白会越来越难买，因为它们有毒，所以趁现在能买，他买了许多铅白颜料，放在工作室的柜子里，那是他的“储藏室”。渐渐地，他还往“储藏室”里添加了那些最为重要的颜料，用委拉斯开兹的话说，它们是黄赫色和铅锡黄、朱红、土红、湖红、石青、群青（由粉碎的杂青金石制成，如假包换）、大青（磨砂玻璃、一种深蓝色）和棕土。有时他出了神，会一边画画一边把颜料磨碎，用画刷把黏滞的颜料搅匀，所以，他在柜子里放了很多罐颜料块和亚麻籽油[2]。柜子里有备用的画刷：黑貂毛的、獾毛的、鸡鼬毛的、松鼠毛的。还有几塑料瓶的婴儿油、用来洗手的布朗纳博士牌肥皂，以及几升的伏特加，以防楼下的酒喝完了。

他的柜子非常整洁，极有条理，而工作室则乱得一塌糊涂。

※

关于童年，吉尔最愉快的记忆之一就是父亲的葬礼。吉尔的母

---

① 即盖乌斯·普林尼·塞孔都斯，世称老普林尼（与其养子小普林尼相区别），古罗马百科全书式的作家，著有《自然史》。

② 绘画时通常用亚麻籽油溶解颜料。

亲是白人。他的父母没有正式结婚，因此吉尔的出生证明上没有父亲的名字。吉尔无法加入父亲的部落——几经沉浮之后，部落的入籍记录已经混乱不堪，吉尔也认宗无望了。吉尔父亲的尸体从越南战场运回家乡下葬时，美军进驻越南鲜为人知。举行葬礼那天，一辆汽车突然出现在了公寓的停车场上，吉尔和母亲就住在这栋位于蒙大拿州比林斯市的公寓里。他和母亲上了车，车上都是棕色人种。车子开了很久很久。最终，车子沿着一条碎石路开上了圆圆的山丘，阳光明媚，吉尔在风中下了车，走进了一座白色尖顶、棕色木板墙的教堂。教堂长凳上到处都坐着人，祭坛前是一口合上的棺材，上面盖着一面美国国旗，两边都有士兵守卫。吉尔走到了棺材旁，把手放在国旗上，教堂里的人开始交头接耳，声音中透着好奇、同情和兴奋。人们走到他面前，握握他的手，摸摸他的头发，轻声对他说话。有些人流下了眼泪，他们互相看着对方，点了点头，又回头看着吉尔。老人们议论着他，说着一些他听不懂的话，吉尔感觉他们说的是好话。过了一会儿，在教堂后面的一个小房间里，他们吃了肉汤和土豆，一位老妇人紧握着他的手。吉尔不知道妈妈去哪儿了，也不在乎，他想待在这儿。

那天晚上他们钻进睡袋，在别人家的地板上过了一夜。当时是十一月，第二天父亲下葬时，刮了整整一上午的凛冽寒风渐渐弱了下来，太阳在石蓝色的乌云下闪闪发光。附近的山上传来了瘆人的歌声，声音越来越大，牧师沉默了。昨天紧紧握住吉尔的手的老太太弯下腰，从一个破旧的硬纸板箱子里拿出了一顶饰有鹰羽的印第安战帽。她边对吉尔说着什么边把战帽戴在他的头上。歌声再次响起。在此之前，吉尔认识的印第安人仅限于那些在杂货店中进进出出的安静女人、偶尔出现在人行道上的醉汉、从来不与他来往的同学，以及电视上的印第安人。

他感觉自己正在梦中，在此之前的生活都是假的。但一回到家，他就把战帽收了起来，放进床底下的行李箱里，忘记了山上发生的事。他再也没有想起过这场葬礼，直到他获得了芝加哥大学的奖学金，去那里上学时，在入学典礼上有个男生发现他来自蒙大拿州，就问他认不认识什么印第安人。吉尔说："我的父亲。"这答案让他自己也吃了一惊。

※

艾琳曾对吉尔说："你无法理解弗洛里安，是因为你从未真正了解你的父亲——吉尔伯特·弗洛里安。吉尔伯特·弗洛里安·拉罗斯。很显然，你不是当爸爸的料，你妈妈当爸又当妈地把你养大，宠坏了你。"吉尔觉得自己是个合格的父亲，他不完美、喜怒无常，但是对孩子们充满关爱。他当然是爱着儿子的，但弗洛里安从未喜欢过他，甚至刚出生时就是如此。他们从未情不自禁地拥抱过，弗洛里安还在蹒跚学步时就会从他身边跑开，跑向艾琳。

弗洛里安现在十三岁了。他又高又瘦，棕色的头发像水獭的毛发一样厚重，朝一个方向生长着，像一块毛皮。他的脸很窄，下巴微微突出，看上去很优雅。他总是抿着嘴，显得很聪明，像是正在忍住一个嘲讽的笑容。他继承了吉尔完美挺拔的鼻子。他的脸颊精致，像个少女。令人惊讶的是，身为这样一个帅气的男孩，弗洛里安有时也能显示出一副愚蠢困惑的样子，眼镜歪斜，或是从鼻子上滑了下来。他有一个习惯——猛地将黑色薄框眼镜推回到鼻梁上，扶着眼镜凝视前方，皱着眉头，全神贯注地凝视着，几乎有点斗鸡眼了。看到弗洛里安的眼镜滑落了，吉尔有时会伸出一根手指，猛地把它推上去，戳得弗洛里安生疼。

“我真想把它钉在你鼻子上。”吉尔有一次曾对弗洛里安说。艾琳当时正坐在吉尔旁边，听到了他说的话。弗洛里安看向她，她手里拿着一杯酒，两眼放空。弗洛里安记住那一刻，那是他第一次意识到妈妈喝醉了。

弗洛里安非常黏艾琳，曾经有一个月他每天都是哭着去托儿所的。后来，他找到了这个世界上他第二喜欢的东西——分形[①]，才停止了哭泣。艾琳曾看到他正在研究一本书封面上的雪花图片，上床睡觉时也拿着这本书，还发现他会盯着污点、蕨类植物、墨渍和泥团看，带着一种盲目的专注，盯着那些她看不见的东西。艾琳曾在他们最爱的那家音像店里买了一张唱片，封面有一个美丽而复杂的图形，弗洛里安在车里看到唱片时非常兴奋，央求艾琳把唱片盒给他。那张封面图片名叫《曼德博集合[②]》，艾琳查了

---

① 一个粗糙或零碎的几何形状，可以分成数个部分，且每一部分都是（至少近似）整体缩小后的形状。

② 也称曼德布洛特复数集合，是一种在复平面上组成分形的点的集合，以数学家本华·曼德博的姓氏命名。

这个词的意思，这才明白弗洛里安痴迷的事物有一个名字。但她也有点被吓到了，弗洛里安在身边的一切事物中寻找着分形的自似性。

艾琳开始寻找那些分形——那些每一部分都近似于整体缩小后的形状的图形。两人之中，吉尔对分形有所了解，他说杰克逊·波洛克[①]的一些画作中，有一些图案很像分形。他会在卖鱼的商店里拿起一根人造珊瑚枝，向艾琳解释，为什么这根珊瑚是分形的。但弗洛里安对分形的痴迷只不过是他沉迷于数数的序幕，没人教他怎么数数，他的嘴就开始动了，咀嚼着那些数字。吉尔给他买了一盒古氏积木棒，弗洛里安抱着盒子上床睡觉，一大早就坐在皱巴巴的床单上，把不同长度和颜色的积木组合拆分，用数学计算着。

就这样，弗洛里安爱上了数学，五年级时他就已经学完了高中数学课程，现在他每天下午都去明尼苏达大学听课。早晨，他和瑞尔、斯通尼去往同一所学校，那是一所私立学校，农副品商人、塔吉特超市的经理，以及小有名气的人——城里的明星运动员、交响乐团指挥、医生和律师等——都会送他们的孩子去那儿读书。艾琳希望弗洛里安能把文科课程学得扎实一些，但是他偷偷溜去听理论物理学。他们高中的物理课老师是一位冷静、高大、严肃的年轻黑人女子。课堂上，弗洛里安又有了恋爱的感觉——他爱上了自己的老师布莱兹夫人，也爱上了物理。

---

① 美国画家，抽象表现主义绘画大师。

※

吉尔每次向人介绍弗洛里安时都说，这是我儿子，他是个数学天才，想问他什么问题都尽管问吧。弗洛里安这时会害羞地低下头，把双手插在口袋里，从爸爸重重地搭在他肩头的胳膊下偷偷溜走，但他渐渐爱上了他爸爸语气中的骄傲。有一次吉尔转身看着弗洛里安的眼睛，动情真诚地说道："你知道你有多特别吗？"吉尔近乎猛烈地摇晃着儿子，"真的，你知道你有多特别吗？你知道吗？知道吗？"

※

如果吉尔当初没有救下弗洛里安的命，这一切都不会发生。那时弗洛里安四岁，他坐在吉尔车后座的儿童安全椅上，把一个扑哧球[①]扔到爸爸的头上。吉尔刚朝弗洛里安发过火，让他不要哭哭啼啼。艾琳从副驾驶的座位上回过身来，递给了弗洛里安这个玩

① 一种玩具球，球心周围环绕着很多橡胶丝。

具——一个颤动的球，就像一只长着橡胶刺的荧光海胆。弗洛里安扔球的时候，他们三人正在35W公路上，一路向南，向穿过市镇的62号公路驶去，扔球可能不是事故发生的原因，但在弗洛里安的记忆中，自己刚把球扔出去，吉尔就猛地撞在了一辆运输卡车上。车子转了个圈，冲到了右侧的路肩，车门弹开了。那一刻，艾琳座椅前的安全气囊还是鼓的，但吉尔那一边的气囊瞬间瘪了下去了。吉尔转身查看弗洛里安的情况，发现他已经从安全座椅上扭了出来，跳出了车门，直奔车流如潮的五个车道。吉尔想都没想就下了车，没有丝毫犹豫。他两眼紧盯儿子，在第四个车道上把弗洛里安抱了起来，一通躲闪、冲刺、猛冲过了最后一个车道。艾琳刚刚回过神来，她从安全气囊下挤了出来，眼前是一辆接一辆的汽车和卡车，驶过丈夫和儿子刚刚站立的地方。他们两个已经穿过马路了，站在满是垃圾的中央隔离带上。吉尔开始发抖，在接下来的两周里，他都会偶尔不受控制地发抖。事发之时，他固然害怕，但事情过后他才真正后怕起来。他不由自主地想着自己最后的时刻，吉姆老爷[①]的那一刻。只需轻轻一动，一个人物就能永垂不朽或彻底消失。闯进车流之前的时刻发生了什么，他完全不记得了。如果当时他停下来想了想……他会畏缩的。但他什么也没想就直接穿过了车流。几秒钟后，他们就安全地站在了公路另一边。艾琳看到了这一切，她摇摇晃晃地站在车旁，双手捂着嘴，泪流满面。当一切结束，他们三个人安全地躺在家里的床上时（还有瑞尔，感谢上帝，瑞尔

① 英国作家约瑟夫·康拉德的重要作品《吉姆老爷》中的主人公。

一直跟保姆待在一起），艾琳想到了一句话：一命换一命。不管吉尔做了什么，他都救了她的孩子，他们的生命被原始的纽带连接在了一起，然而，这样的时刻短暂得惊人，他们之间的纽带很快就消磨殆尽了。

有时她会想，既然自己用一生都无法宽恕他，那为什么不选择隐忍呢？

※

艾琳打算去见路易丝，第二天晚上，博物馆的一场展览要举办开幕晚会——那是沃克一位艺术名家的展览。吉尔把艾琳哄去了，她抹上了珍珠白的眼影，微微发亮的口红，脸颊上腮红也微微发光，她穿着紧身的象牙色连衣裙，搭配象牙色丝袜和一双黑色弧形跟的淡绿色皮靴。

这双靴子是吉尔送给她的，她从楼上下来的时候，他站在楼梯底下，夸张地伸出手说："全场最漂亮的女人是我的！"

弗洛里安和瑞尔站在门口，听到爸爸这么说，他们用身体互相轻轻撞了下对方。吉尔每次带艾琳去参加派对时都会说这句话，起初，孩子们把这当作玩笑。现在他俩还会翻着白眼，露出一副憋着笑的神情。但这句话在他们耳中已变得尖酸刻薄了。弗洛里安和瑞尔冲到了门口，嘴上不承认是在等着这句话，但如果没听到爸爸这么说，他们就会忧心忡忡。

因为那一组名为《艾美丽佳》的肖像画，艾琳觉得她的出现让其他印第安人倍感尴尬，尤其是老年人。可对于这个圈子中的非印第安人来说，她与吉尔的婚姻具有标志性的意义。那是情欲的婚姻，那天晚上她听到有人这样说，你们俩就是偶像！艾琳看过吉尔的展品目录，所以她会情不自禁地想到，说这话的男人曾经透过吉尔的眼睛看到了赤身裸体的她。有位节食过度的金发女子说："你们俩简直是天生一对。""他崇拜你，"另一个人说，"有一位才华横溢的丈夫为你着了迷，你真幸运！你们俩志同道合，不是吗?！"

"不，"艾琳最后说道，"我只是食物。"

"哪种食物?"女人瞪大了透着虚假善意的双眼。

"快餐。"艾琳说。

他们都笑了，好像艾琳说了一句极其幽默、有水平的话，接着那个女人快速转身离去了。

※

吉尔是看《读者文摘》长大的，他看杂志刊载的精简版小说，还有简装本的惊悚小说，他到现在还喜欢看情景喜剧。艾琳是读莎士比亚长大的。如果她介意两人之间的这一点不同，就会显得自己很势利，但有时候她确实很介意，当人们说他俩志同道合时，她会这么回答："不，我们不一样，我们有着完全不同的鉴赏力。""那当然。"说话者会面带微笑，仿佛是在鼓励艾琳继续沉浸于天真的白日梦中。不过，她与他确实不同，虽然他俩都是独生子女，但她从小接受的就是中产阶级的精心教育。艾琳的妈妈是位英语老师，在城里四处给人上课，赚钱养家。维尼·简在家中接受了教育，她是美国印第安人运动的积极分子、形式主义者。她写日记，思想非常深刻。维尼·简同卡尔文·艾美丽佳·豪尔斯分手后就独自抚养女儿，把她当作奥吉布瓦人来培育。艾琳有许多年没见过父亲了。他经常到处游走、授课、主持典仪。他有达科他人的血统，在"占领伤膝河"事件之后蹲过监狱[①]。同维尼·简在一起几个月后他就走了，他结过两次婚，育有其他子女，当然路易丝就是其一。

他大部分时间都住在加州和夏威夷，跟他的现任妻子——一个白人女子——在一起，这个女人固执地不信教，不喜欢吉尔为艾琳画的那些肖像画。

维尼·简将艾琳抚养成人，亲眼见到了外孙出世——这是一件了不起的事，不算伟大，但很了不起了。艾琳在明尼阿波利斯市中部长大，家里一直没有电视。母亲强迫她去了解与奥吉布瓦相关的一切。她在学习宣誓效忠[②]前就先学习了保留地的历史。维尼·简还喜欢看莎士比亚历史剧的录像带，还有《哈姆雷特》《麦克白》《李尔王》。当然都不是喜剧。她们是印第安人。

---

① 一八九零年，美国陆军在南达科他州伤膝河战胜了印第安人，史称伤膝河大屠杀。一九七三年美国原住民运动中，为抗议当局对伤膝河遗址保护不力，印第安激进主义者占领了伤膝河，双方长期对峙，多人因此入狱。

② 美国人站在国旗前右手贴左胸宣誓。

吉尔是看着电视长大的，看着母亲从教堂地下室带回家的那台电视机。他能背出《脱线家族》《埃迪父亲的求爱》《玛丽·泰勒·摩尔秀》《全家福》《我爱露西》等重播剧[①]里的情节和台词。每一集里都充斥着一针见血的俏皮话、观众的笑声和让人忍俊不禁的结局。她所读之书的结局则是一桩桩人间惨剧。他的世界观是伤感的，而她的则是悲剧性的。悲剧和伤感的结合是媚俗。艾琳觉得她每次在公众场合赞美自己的婚姻时，都是在传达媚俗。

他们在一起做饭：艾琳调制油醋汁，吉尔用橄榄油和大蒜研磨新鲜的罗勒。

“我不能再去参加派对了。”艾琳说，她的声音坚定而得意，“我感觉自己被生吞了。”

“生吞，这个说法可够媚俗的。”吉尔说。

“我要一瓣蒜，掰一瓣蒜给我吧。”艾琳说，“在派对上，他们非要我谈谈我们的婚姻，我做不到。”

“没多少大蒜了，只剩这点儿。”吉尔往她做沙拉酱的罐子里刮了点大蒜，“你为什么不能谈论我们的婚姻？”

“因为我们的婚姻是媚俗的。”

“一切都是媚俗的。”吉尔说。他总是先把千层面放在热水中软化，艾琳觉得这么做没有必要。

他们回到了无休止的争论中，首先是关于千层面，然后是关于媚俗。这不是吵架，而是一种会持续很多年的争论，他们每个人都

① 都是美国经典情景喜剧。

一点点收集能证明自己的观点的证据，在一个月、两个月或三个月后的下一个“回合”中亮出来。他们回到了旧日的领地。有时他们争论，只是为了获得舒适感。

吉尔说：“所有的形象都是通过言语来塑造的。”说着，他挑衅般地把面条扔进了加了盐的、油乎乎的热水里。

“再给我点儿蒜。”艾琳说。吉尔体贴地剥起了最后一瓣蒜。

这就是绘画的问题，画中的一切都有所指涉，他把剥好的蒜按进捣蒜器里。“画出不媚俗的东西几乎是不可能的，艾琳，但如果你喜欢绘画，不管怎样你还是会画。我抓住了机会！裸体女性是媚俗的，你是媚俗的！”他举起手臂，用一只手捏碎了大蒜，同时直勾勾地瞪着艾琳。

吉尔又将捣蒜器放在沙拉酱的上方，这次是艾琳把碎蒜刮了出来。

“把印第安人当作你作品的主题就是媚俗。”艾琳说道，“根本行不通的，我们永远不可能回到独善其身的时代。”她用手封住了罐口，摇着沙拉酱。

“好吧。”吉尔说，“那就是我们原有文化中缺乏媚俗，而我在弥补这一点。”

“谁说我们的文化中没有媚俗？”

吉尔开始往最下层的面条上抹番茄酱，他抹得非常仔细，不漏掉一根面条。

“媚俗，”他叹息道，“只有在消费者文化、标志性的宗教、描述性的宗教中才会产生。艾琳，你应该知道这一点，只有整个文化中有了谎言，你才会得到感情。”

艾琳搅拌着斑木碗里的蔬菜，碗是她在厨具商店里买的，她为能拥有这只碗而自豪。她对吉尔的语气不满，在谈论艺术理论时他总是会带着高人一等的语气。艾琳说，他没有一丝谦虚，甚至是他在面试时装出来的那种谦卑。

“玛雅文化中有媚俗，”她继续说，“印加文化中有，阿兹特克文明[①]中有。比如那些时髦的头饰！比如尸横遍野，从活人身上挖出心脏。那些文化中当然有媚俗——否则梅尔·吉布森也不可能拍了部电影。”

吉尔皱了皱鼻子，把滑下来的眼镜顶了上去。“只有当文化自我仇恨到了一定程度时才会产生媚俗，媚俗的文化必须以自我为参照，它们必须有镜子。”

“胡说什么镜子，反正你是在我身上制造媚俗的。”

“不，艾琳，我在描绘死亡。”

艾琳抬起眉毛，没有说话。

但后来，当他们继续把沙拉做完、把千层面从烤箱里拿出的时候，艾琳说：“啊，吉尔，死亡也是媚俗的。”

“死亡不可能是媚俗的。”

“死亡是一句一针见血的俏皮话、一个干净利落的结局，它还有主题曲呢。”

“所以你看，就像我说的，一切都是媚俗的。”

---

① 墨西哥古代阿兹特克人所创造的印第安文明。

“但我不希望我们的婚姻是媚俗的，我希望它是真实的，真真切切的。”

他们把食物端到了饭桌上，孩子们正在楼上聊天，准备下来吃晚饭。

吉尔说：“现实的味道很苦涩，你想来点油炸面包丁吗？”

“我喜欢玉米面的面包丁。媚俗不只是苦涩，吉尔，它很虚伪。我是认真的，它是一种破碎的统一、扭曲的可爱、病态的强壮，就像我们一样。”

吉尔快要走出房间了，听到这话又转过了身。

“像我们一样。”艾琳重复道。

“我觉得我们很美好。”吉尔把手放在门框上，他的声音伤感而威严，“我们虽不完美，但非同寻常，你不知道你拥有那么多的东西。”

※

吉尔已经完成了他的“心之渴望”计划，只是没有实现艾琳的愿望——虽然他知道终有一天她会让他离开，但当她真的说出这句话时，他不敢相信她是认真的。不可能，他的艺术是悲剧性的，但他的人生不是；他不会让它成为悲剧，没有悲伤的结局，没有其他男人可以拥有艾琳。他没有离开，而是计划着给她一个美妙的惊喜。

艾琳不再喜欢派对了吗？她会改变主意的！如果他为艾琳办了一场精彩、高级、豪华的派对，她会改变主意的。她会在快乐旋涡中突然意识到，再没有人会像吉尔那样，专门为她举办一场派对，再没有人会像吉尔这样爱她，为她庆祝。那一刻会到来的，艾琳会灵光一闪，意识到“我真的喜欢吉尔！”吉尔相信这种恍然大悟、改变人生的时刻是存在的——到底存不存在，是他们争吵的又一件事情，但他知道他是对的。这些时刻确实会到来，他确信它们是存在的，吉尔坚持着这种愚蠢的天真。

有人会说他这是拒绝接受现实。人们会取笑这种行为，甚至鄙视那些顽固不化地守着一个无望的想法的人，尤其当这种想法与感情相关时。然而，有些人拒绝接受现实的行为可以被看成是高尚的，是一种神圣的疯狂。你的指尖够敏感吗？能不能感受到一张纸下面的头发？或是一打纸下面？两打纸下面？有些人就是敏感到可以隔着三打纸感受到下面的头发。吉尔就是那样敏感，厚厚一沓纸下的头发代表着他不愿感受到的某种可怕之事——羞耻，也许是，大概是吧。不管他摞起了多厚的纸，仍然能感觉到下面的那根头发。他不得不经常回避现实，不得不让纸张平平整整地压在头发上面。

他为艾琳的派对选好了日子——之前他告诉艾琳，有一天晚上他要去华盛顿接受颁奖并发表演讲，但实际上，那天他会邀请镇上所有他喜欢的人来家里吃晚餐，喝香槟，庆祝艾琳的生日，那会是一场优雅、喜庆、烛火通明的庆祝活动。

他琢磨着要不要给杰曼打电话，邀请他来参加派对。也许在此之前，他会将他们两人逮个正着。

每当吉尔想起艾琳的愿望是让他离开时，他都将自己受伤的思绪转向了派对。那将是怎样的一幅图景：人们聚集在房子周围，墙上挂着他为艾琳画的肖像，有些是新作。当然，他会邀请这个地区的收藏家，将派对当作一场比较私密的画作预展，也许最后会卖掉一两幅画。这有什么不好呢？但他决定，不让别人走进他的工作室。首先是因为那时场面会比往常混乱得多，其次是因为他觉得工作室是他自己的地盘。他想将自己正在画的那幅艾琳的肖像藏起来，那幅画他画了一半，画不出来了。它让人心烦，那股由内心渴望所燃起的力量似乎变得消极了，不管他怎么努力，怎么修改，画中的艾琳看起来都像是死了。

当然，这也让这幅画变得更有趣了。

这场惊喜的派对会振奋他们的精神。他小心翼翼地瞒着孩子们，怕他们会在无意中泄露了秘密。他雇了宴会承办商，尽管他更愿意自己做饭。他打电话给路易丝，安排她邀请艾琳去吃午饭，午餐之后无论艾琳去了哪里，路易丝都要跟着她，然后装作偶然遇到她的样子，带她回家。之后，他会问路易丝艾琳到底去了哪里，在派对开始的时候，他会知道答案的。

那天下午，当路易丝转移了艾琳的注意力后，宴会的服务人员和吉尔便冲进了房子开始布置。当这一切发生的时候，艾琳还以为吉尔在机场，或是正在去华盛顿的途中。他一直在想象当艾琳和路易丝进门时的表情。她可能在那天下午见过自己的情人，路易丝会告诉他见面的具体地点，艾琳会疑心他是否有所察觉。如果被他抓住，她会感到满足、欣喜，还是害怕？

※

2007 年 11 月 16 日
红色日记本

有时我会带孩子们去普德尔豪恩看小白房子，我就是在那栋房子里长大的。我们把车停在朗费罗，站在小白房子对面的人行道上，仔细观察着那些窗户，但我们从来没见过有人在家。最后一次去那儿的时候，院子里乱七八糟地堆满了呼啦圈、滑板车和色彩鲜艳的塑料玩具。我也喜欢把院子弄成这样，妈妈把我们的日子打理得太井井有条了。

给吉尔颁奖的协会代表的是儿童社会福利事业。他捐赠了绘画作品，并为这个组织做了些平面美术工作，这显然是件大事。

吉尔已经跟我对质了好几个月了，他说我在同别人约会，他一定是怀疑了很久，因为他已经有了一些猜想，确定了一些事情。我没有时间出轨，我说，我觉得我当时笑了。我说了实话，没有出轨。我对吉尔很忠诚，原因很明显。

※

这个周末气温会再次下降，雪会在冰面上堆积成粒，溜冰场里刚过了水，冰面泛着青灰色的光泽，艾琳周六的时候会带斯通尼和瑞尔去溜冰。今年很适合溜冰——自从第一次结冰以来，湖面上的冰就越来越厚。艾琳从车里拿了一把小塑料椅，让斯通尼扶着它站立，保持平衡。在溜冰场里，斯通尼在椅子后面跺着脚，原地练习着溜冰的步伐。他热情高涨，却小心翼翼，穿着红色的防雪服，头戴挂着铃铛的黄色羊毛小丑帽。

瑞尔和艾琳绕着斯通尼慢慢地滑冰，假装她俩是双人滑冰的冠军。斯通尼帽子上的铃铛叮当作响。当她们旋转的时候，艾琳把瑞尔从冰上举了起来。溜冰场一端有一个橙色的圆锥形安全标，总放在同一个地方。那儿的冰下有一汪泉水冒出，让冰层变薄了。

“过去，如果印第安人掉进了冰窟窿里，他们会怎么做？”瑞尔在握着妈妈的手滑冰时问道。她们绕着橙色的安全标滑行。

“那时候冰很厚，在上面开卡车都没问题。”艾琳说。

“你总是这样说。”瑞尔说，“但如果真的发生了意外，他们会怎么做？”

艾琳说：“他们永远也不会掉进冰窟窿里。冰的种类很多，他们观察了冰面后，就能立即知道它能否承受住自己的重量。”

“他们是怎么知道的？”瑞尔问。

“互相学习。”艾琳说，“知识是一代代传下来的。”

瑞尔拉着妈妈的手臂，看着她的脸，艾琳微笑着，低头看着她，有时她俩会看对方看得入了迷。瑞尔穿着印着雪花的蓝色大衣，棕色的头发剪得很短。她希望自己看起来像弗洛里安，但是她的头发太细了，以至于当她取下冬天戴的厚帽子时，头发就像通了电的丝线一样，全都竖了起来。从现在开始，她决定把头发留长，这样就可以编辫子了。

“如果我掉下去了，你能救我吗？”瑞尔问。

艾琳说：“我能救任何人。我会趴在冰上抓住你的手，或者跳进水里把你拉上来。”

“你能教我关于冰的知识吗？”瑞尔问。

“如果你感到脚下的冰破裂了，马上撤退！原路返回。”艾琳说，“如果掉进去了，就举起两条胳膊，抓住冰面，然后把腿往上踢。”

她们手挽着手，一起慢慢地滑行。艾琳问瑞尔在学校里做什么。

“写故事。”瑞尔说。

“你写的故事中会有人掉进冰窟窿里吗？”

“我只写真实的故事。”瑞尔说，“我坚持按照真实情况来写。如果我想到了一个奇怪的东西，我就把它写进‘不真实的想法’中。”

“比如说？”

“比如说在一场恐怖袭击中幸免于难，像一个真正的印第安人那样，和狗一起在那座岛上生活。”

她们停了下来，站在一起，凝视着湖中那个被野生植被覆盖的岛。

艾琳说："不要忘了带上火柴，这样就可以生火了。"

"以前的印第安人是不是能够凭空生火。"

"那些生火的人被称作'格特－阿尼新纳贝格'。不，他们用的是两根棍子或火石，或者打击棒；他们有各种各样的方法。但火柴最容易生火，如果你想防止火柴受潮，可以把火柴放在蜡里浸泡一下。"

"我们可以拿一些火柴浸在蜡里吗？"瑞尔问。艾琳说可以。瑞尔兴奋地喘着气，她的门牙是新换的，有点大，像兔牙。艾琳低头朝她微笑着，说："我喜欢你的牙齿。"

瑞尔抬起头看着妈妈，将妈妈的脸庞放入了记忆之中：又长又密的头发，眼睛闪闪发光，她微笑着，露出白白的牙齿，戴着黑色的针织帽，两条长长的眉毛很夸张，从眼睛上方直入太阳穴。

瑞尔说："夏天的时候我们去钓鱼吧，或者在冰面上钓鱼，把冰凿开。"瑞尔指着两个跪在冰上的钓鱼者说道。站在这么远的地方，在白雪的映衬下，这两个钓鱼者看起来就像是抱在一起祈祷。"看到他们了吗？"瑞尔问，"我可以把鱼煮熟，和狗一起吃。"

艾琳说："我觉得你最好还是选择夏天去那里生活，夏天抓到鱼的概率更大，而且现在其他人也很容易走过冰面上岛。你会想要些私人空间的，想一个人待着。"

瑞尔点了点头，说："我真希望我能带你去。"

"为什么我不能去？"

"你必须照顾斯通尼。"

瑞尔这样说的时候，艾琳的心揪了一下。艾琳的母亲与她不亲密，有时甚至很冷淡，但她不需要与别人分享同一个母亲。

斯通尼喊着要她们帮忙。他累了，坐在了椅子上，艾琳推着他在冰上滑来滑去。瑞尔滑到了一边，独自一人练习旋转。城市的灯光映在低空上，软绵绵的云朵闪耀出深橙色。艾琳小时候，整个冬天都在滑冰，那时的滑冰季节似乎更长。她把所有的冰刀都磨好了，等待着冰冻得很结实，或是风力不太强的好日子。滑冰的时候她总是在思考——来回平稳的滑行让她陷入了深思。斯通尼满意地坐在椅子上，瑞尔一直在练习旋转。艾琳想到了家，她想到了吉尔，想着这时他是不是正在看她的日记，想着他是否会相信她一直是忠诚的。

※

他身上有某种潮湿的香料的味道。从某种程度上来说，他非常强壮，虽然肌肉不发达，但可以把她举起来。他比她高，动作缓慢而悠闲，他很温柔，艾琳没觉得他们做错了什么事，他们所做之事是不可避免的。做爱之后，他们会因为彼此带来的舒适而动摇。他们无法打破这一切，他会错过他的航班，但他想继续，想再次看到艾琳。但她立即明白，他们会回到自己艰难的生活中，并假装什么都没有发生。

好几个星期，艾琳每天早上醒来，意识到自己无法与杰曼见面时都想吐。这是有原因的。艾琳很肯定，这种真正的愉悦很危险，会毁掉她的孩子们。如果她继续搞外遇，她明白自己就永远也不会离开吉尔了。内疚会像胶水一样把他们粘在一起。

在这种情况下，人们一般都无法假装平安无事，但艾琳在这方面有着惊人的自制力。她将自己同杰曼在一起的那段时光封存起来，再也没有（或者几乎再也没有）越雷池一步。因为她做出了牺牲，再也没有同杰曼说过话，所以她不认为自己的所作所为是不忠的。不，那只是你在一段时间内积极地寻求同另一个人做爱，并欺骗了你的配偶，不是吗？艾琳不能忍受失误，一次也不能，所以她直接选择了回避事实。总的来说，历史只关乎两件事——它必须同时包含事件和叙述，这样历史才有意义。如果她从不提及自己和杰曼的事，而他也从未提起，如果他们两个从未谈论此事，那就没有了叙述。这样一来，事件虽然发生了，但是没有意义，它不能算作不忠，根本什么都不算。

※

“你知道这是什么吗？”吉尔在房间里来回走动，朝她挥舞着一张纸，“你知道吗？”

弗洛里安正低头坐在餐桌旁，双手环抱脖颈，肩膀在发抖。

艾琳说：“斯通尼，上楼去！就现在！”瑞尔正在做课后西班牙语的练习。很好。

斯通尼像兔子一样一跃而起，跳着跑上了台阶。他知道该远离什么，该何时远离，该逃到哪里。他跑进自己的房间，用那些毛茸茸的动物玩具将自己盖住。两条狗站在弗洛里安身旁，竖着耳朵，努力揣摩着几个人说话的语气。

“不管是什么，”艾琳说，“都没什么大不了的。”

“哦，是吗？这是一张通知单，艾琳，一张通知单。”

“好吧。”艾琳说着走向弗洛里安，“让我看看。”

“哦，好吧，你来看看吧！”

吉尔把纸条揉成一团，狠狠地砸向了弗洛里安的后脑勺，弗洛里安的额头砰的一声撞在了桌子上，声音很大。

艾琳站在他们两人之间，吉尔退了回去。

“把通知单给我，”她对吉尔说，“弗洛里安，你现在上楼去。”

两条狗站在桌子两侧，随时做好了冲出去的准备。弗洛里安从椅子上跳起来时，吉尔跺着脚走到了桌子一侧，紧握着拳头，一只狗笨手笨脚地挡住了他的路。吉尔抓起椅子向狗挥去，弗洛里安从他身边跑开，上了楼梯。

“坐下。”艾琳说。弗洛里安离开房间后，她就可以对付吉尔了。吉尔坐了下来。“让我看看通知单。不管那是什么，都没什么大不了的。”

吉尔坐在桌旁，瘫在了椅背上，嘴巴缓缓地张开，他伸出胳膊，摊开手，露出了手里那张被揉成一团的纸。艾琳把通知单抚平，看到上面写着弗洛里安有一份读书报告没交，在他交作业之前，成绩每过一天就会扣去一分。

“没那么严重。”她说。

“这不是读书报告的问题。”吉尔说道。

狗不见了。

“是因为他在这件事上说了谎。”

吉尔的语气很冷静，怒火突然从他的脸上消失了。

“弗洛里安昨天跟我说他已经交了读书报告。”吉尔说，“他当面欺骗我，撒了一个厚颜无耻的谎。他真的是我们想要培养的那种孩子吗？”

“弗洛里安是个好孩子，他很聪明——他只是为别的事分心了。他撒谎是因为怕你，吉尔。”

“你当时不在场。”吉尔的语气干脆而坚定，“弗洛里安没有看着你的眼睛，向你说了一堆谎话，艾琳。那本书就在房间里。我指着那本《蝇王》问他，你读完这本书了吗？你的读书报告写完了吗？是的，弗洛里安说，是的，爸爸，我写完了。”

“是《蝇王》的读书报告啊，那就难怪了！我觉得——”

“你觉得，你不是那个被骗的人。不要帮他找借口，别让事情就这么算了，别对他这么宽容，你太好糊弄了。你的成长环境不好，你努力从中摆脱了出来，不是每个人都像你一样强大，艾琳。我们不能让弗洛里安认为说谎是对的，可以吗？”

“让我们先冷静一分钟。”艾琳说。她把手放在吉尔的肩膀上，他略微退缩了一下。她语气平稳地说道：“吉尔，我觉得弗洛里安已经在写那份读书报告了，我对此很确定。现在我们去厨房里坐会儿，喝杯酒吧，借此谈一谈，好吗？我一整天都没见你了。你今天做了什么？谁来了？”

“谁来了？哦，天哪，你肯定想不到。”

“我不知道。等等，是斯塔西吗？”

“是的，她喜欢那幅画。”

“真的。”

“她爱它。”

“跟我讲讲吧。”

艾琳拉着吉尔的手，把他从椅背上拉了起来，看着他的眼睛，冷静地说道：“告诉我她究竟说了什么，一个字都不许改。”

吉尔说话的时候脸上发光。

“斯塔西说她看到这幅画的时候脖子后面的汗毛都竖起来了，感觉就像触电，这是她的原话。她得接电话，得工作，但整整一天，她总是不自觉地溜到画廊后面的办公室里，去看那幅画，你知道这种感觉。”

“当然。”

他们走进厨房，吉尔倒了两杯酒，艾琳像喝水一样迅速干掉了一杯，吉尔又把杯子倒满。

“猜猜接下来发生了什么！”吉尔笑了起来，“下午晚些的时候，斯塔西本来要和另一位画家喝酒，但她取消了约会，如假包换。为什么？因为她知道谁想买这幅画。我不知道那位画家是谁，我套不出她的话，但我觉得这是个好兆头。”

“是的。”

“一个非常好的兆头。”

他没有时间读我的日记，艾琳想。他一定是还没有读过，否则他一定会努力控制自己的情绪，不是吗？我的忠诚会平息他的怒火，会让他心情愉快，不是吗？

吉尔说：“我一直在工作，消息都不灵通了。”

“有什么新闻吗？”

“我会去调查一下的，我们坐下吧。稍等，我要去看一眼烤箱，我把炖锅菜放在烤箱里了。”

“哦，好。”艾琳说。她喝光了杯子里的酒，又倒了一杯，在另一只杯子里倒满了冰块。“我一会儿就回来，我要上楼去看看孩子们。”弗洛里安趴在床上，将枕头压在头上。艾琳把酒和那杯冰块放在床头柜上，坐在他旁边。他的床罩边上绣着几何图案，中间是一幅画着水牛和鹰的风景画。她把手搭在他的肩膀上，他翻过身，拿开了枕头。弗洛里安的眼睛同他祖先的一样，额头上的瘀伤正在肿起。

艾琳想摸摸他的头发，但弗洛里安猛地躲开了。

“对不起。”她坐在那里，最后他还是允许她碰自己了。她说：“我知道这么做可能看起来很奇怪，但是我需要用手机照下你的脸，亲爱的，对不起，我必须这么做。”

“为什么？”

“因为这很重要，我可以把照片给别人看。”

艾琳把手机举了起来，让弗洛里安撩起挡住脸的头发，给他拍了三张照片。他的脸上满是疲惫和悲伤。

“你能把这个给法官看吗？如果你能把照片交给法官，受伤也值了。”

“我会先把照片拿给心理咨询师看的。”艾琳说，“我会努力改变你爸爸的。”

“你已经努力过了。”弗洛里安说，“去他的吧。”

斯通尼站在门口，手里拿着玩具狮子，还有一只熊、一只驼鹿和一只橙色的鸡。

弗洛里安看着斯通尼说：“是粲夸克啊，是动物园管理员来了，别担心，我没事，斯通尼。”

“你为什么要给他拍照？”斯通尼问。

“因为我要给你们每个人拍张照片。”艾琳说着，又举起了手机，拍下斯通尼的照片后斯通尼就离开了。一旦危险过去了，斯通尼就会放下手中的毛绒动物玩具，他有几篮子不同大小的积木可以搭建东西，他房间的地板上满是城市和农场，还有他用黏土做的人和动物，或是用石头和松果做的——它们的含义只有斯通尼知道。艾琳用旧T恤包起冰块，敷在弗洛里安的额头上。

“我觉得你最好还是把读书报告写完。”

弗洛里安面无表情，接着变得冷漠起来。他把冰块推开，双手握成拳头，压在太阳穴上。

“你会写完读书报告吗？”

弗洛里安点了点头，低声说道：“你走吧。”

两条狗跟着她上了楼梯，正安静地坐在敞开的门外。她起身的时候，一只狗也跟着站了起来。她朝弗洛里安的方向扭动了一下身体，一只狗便走进了弗洛里安的房间，把头抵在了他的床上。弗洛里安朝它伸出手时，狗尾巴上的毛发优雅地来回摆动着。另一只狗跟在艾琳后面下了楼。她能听到吉尔打电话的声音，还有笑声。她走进厨房，打开水龙头，将双手伸进热水中，想让它们停止颤抖。最后她关掉水龙头，擦干手，走进起居室。她从吉尔的手中拿过手机，对着话筒说了起来。

她说："吉尔可以待会儿再给你回电话吗？我们这儿有点急事。"

艾琳挂断了电话，把手机还给吉尔。

"你他妈的要干什么？"

吉尔的脸庞因充血而发黑。

艾琳把电视关了，然后关上门。

"你需要继续接受心理咨询。"

吉尔笑了起来，发出了奇怪的吼声，越笑越大声，同时摇着头，一旦他被人激怒，想要报复时，就会发出这种笑声。这是他"要你好看"的笑声。

"我已经去过了，艾琳，记得吗？"

"是的，你去了，但四个月后你就放弃了。"

"心理医生说我没事，记得吗？你才是那个该去看病的人，以前是，现在也是。"

"你伤害了弗洛里安。"

吉尔沉默了，他移开目光，用指关节抵住嘴巴。他回头看着艾琳，眼含泪水。

“你说得对。”他说，“天啊，亲爱的，我要上楼向他道歉，我真的被气晕了，我不是故意的，你知道的，我愿意为弗洛里安做任何事情。”

吉尔站了起来。

“不行。”艾琳说，她挡在门前，“不行，你可以晚点儿再去。”

“什么，你是说我不能向自己的儿子道歉？”吉尔放低了声调，但声音仍在房间里回荡。

“听我说，吉尔，如果你不去接受心理咨询，我就离开你。”

吉尔张开的嘴巴又闭上了，他突然坐了下来，脸色惨白，接着双颊又露出玫瑰般的红润，变成了深红色，好像被人打了一巴掌。

“不，你说你不会离开我的，你答应了要留在我身边，你承诺过。”

“那么你就必须去看心理医生。”

“好的。”吉尔抓起一张纸，一边用手指旋转它，一边盯着艾琳。“看来我没有什么选择余地了。”他最后说道，恶狠狠地看着她，这眼神预示着事情不可能如艾琳所愿。“要去我们就一起去。”

“你有选择的余地。”

吉尔摇了摇头。

“你可以让我走，带着孩子走。”

“不。”吉尔说，他开始不停地摇头，“不，我很抱歉。”

他用同情的目光盯着她。

“不，你不能这么做。”他说，“你要是这么做了，别人会怎么想呢，我不喜欢让他们那么想。对不起，如果你要离开我，孩子们得留下，跟我在一起。我们已经谈过这个问题了，你和我已经说过了。我们知道各自的底线，艾琳。我要孩子，你知道我能争取到抚养权。你的问题我都记下来了，艾琳。你觉得法官会将孩子们判给一个抑郁、机能失调、酗酒且没有经济能力的女人吗？你找不到工作，拿不到学位，连写论文时遇到的困难都解决不了。你写了多少页？六页？我会拿到单方监护权，他们会站在我这边，艾琳。”他强调着，平缓的语气中带着一种令人不寒而栗的友好，“你知道我有多爱他们。”

艾琳走出房间的时候，看见瑞尔呆立在楼梯后面。他们说话的时候，瑞尔已经溜进前门，脱下了靴子。吉尔出去拿葡萄酒时，正好从她身边经过。艾琳瞪大了眼睛，迅速转身关上门，牵着瑞尔的手，带她上了楼。新闻播报员低沉的声音在她们身后响起。

“你藏在那儿多久了？听到了什么？”

瑞尔用手捂住了嘴。

※

在瑞尔的计划中，最激进的行为是攻击爸爸的身体。下一次爸爸痛打别人的时候，瑞尔也会痛打回去。她会像野猫一样地咬、踢、抓；像一只美洲狮，或一种无所畏惧的东西。她将成为她想要成为的——一个印第安人、一个真正的印第安人。坚忍不拔，带有杀手的本能。她会让自己吸收所有的打击，谴责所有的后果。最重要的是，他必须尊重她的疯狂。

※

第二天吉尔跪在艾琳面前说："你是对的，完全正确。我有问题，我一定会改的。我会去看心理医生的，做什么事都行。我会花更多的时间陪弗洛里安，还有其他几个孩子。我真的非常非常非常抱歉。但有一个不完美的、心血来潮的爸爸不是更好吗？一个能把情绪宣泄出来的爸爸总好过一个搞砸了事情却不肯吐露心声的爸爸。至少孩子还有个爸爸。艾琳，你我都知道，没有爸爸是最糟糕的。艾琳，有个像我这样偶尔很浑蛋的爸爸总好过没有爸爸在身边。不要放弃我，亲爱的。我可以变成你想要的样子，亲爱的。我可以成为配得上孩子们的爸爸。我让你们都失望了，用不同的方式让你们每个人都失望了，我会补偿你们的，补偿你们每个人，让你们相信我有多爱你们。因为我真的爱你，艾琳，也爱我们的孩子。我身上的每根骨头、心里的每颗原子都爱你。"他说，"你看这个。"他打开了乐器行的商品目录，"我们每个人都应该有一样乐器。也许应该为你买下这把原声吉他，看，它是肉桂色的，再给弗洛里安买把电吉他，钢琴会让人惊喜，他可以上钢琴课，或者买支银色的长笛怎么样？你能想象斯通尼吹奏长笛的样子吗？他看起来会像那个吹魔笛的小男孩，希腊的半神，森林动物。至于瑞尔就有点难办了，但我觉得瑞尔可以演奏某种木管乐器，或者手风琴，这和她的幽默感相符。”他翻阅着商品目录，指着一台珠光色的手风琴，黑色琴键非常可爱。

※

瑞尔通过她近期的努力观察到很多事情。例如，她发现两条狗总是表现得好像主人要出门旅行一样。它们非常讨厌看到行李箱。但现在没人出门，它们却表现得好像看到了行李箱一样。这些日子里，两条狗精神紧张、十分警惕，空气中弥漫着什么让它们不安的东西。瑞尔最近的感官练习让她也感受到了这种东西，这是某种具体的她不想命名的事物，虽然通常她可以给任何事物命名。

她有本笔记本上写满了过去的回忆，另一本则记录着未来可能会发生的事。她可以说出任何一场发生过的灾难，因为她已经列出了清单，还记录了印第安人是如何从这些灾难中生存下来的。第一件事就是做好认真对待未来的准备。瑞尔思考这些事情的时候，她越来越确定家人们面对这些灾难的方式。

首先，也是最重要的，她确信灾难来临时，她将成为那个被遗弃的人。

如果出现了突然的恐慌，例如有炸弹朝明尼阿波利斯市发射，有颗小行星朝着沃克中心袭来，爆发了绝对致命的流行性病毒，一架飞机撞击了入侵检测系统大厦，吸血鬼四处出没，印第安杀手或是卷土重来的纳粹接管了美国政府，世界陷入核冬天[①]，如果以上任何一件事情发生了，家人们都不得不出逃，而她将会被抛在后面。

她会被留下，因为她总是安安静静的，现在甚至更安静了！她融进了周围的环境里，变成了物品的形状，她会确保一家人一起吃饭或一起看电视时她不是话题的中心，不显眼。当然，她记录下了每一件事情，用自己的双眼清清楚楚地观察。虽然安静，但她不是老鼠，就算是，也是只勇敢的老鼠。她从来不蹑手蹑脚地走路，也不藏起来。她走路抬头挺胸，称之为“带着印第安人的艺术安静地行走”。她熟悉家中典雅的老房子里的每一处吱吱声，她可以无声地快速跑到任何地方。她拿了一罐 WD-40[②]，将它涂在了孩子们房门的铰链上，这样一来，就只有爸爸的工作室和父母浴室、卧室的门在开关时会发出声音了。但她爸爸生气时，她就无法利用这种声音及时藏起来了。她得努力让自己呼吸，让自己思考。有时她选择像两条狗一样直面他的愤怒。

她已经原谅了自己，根据她的记事本，她知道自己在一半的时间里都表现得很勇敢，而在另一半的时间表现得很懦弱。她正在研究她的突袭能力，阅读她从妈妈的办公室里偷偷拿出来的那本书。她还在读凯特林的信件，着重阅读曼丹斗士的血腥训练，读了一遍又一遍。她还没有勇气刺穿自己的皮肤，但她正在强化自己面对打

---

① 科学家认为核战争之后会出现的一段昏暗、寒冷、荒芜的时期。

② 金属制品的保养剂，具有防锈、除湿、解锈、润滑、清洁、电导等功效。

击的能力。晚上她用尺子打自己，用手扇自己的脸。她用不舒服的姿势站着，沉在浴缸里，在水下屏住呼吸，拉扯自己的头发，把腿扭伤。她要让自己做好准备。

然而她会被抛下，她确信。

斯通尼会害怕，所以妈妈会先带他走。弗洛里安会飞快地跑到车上，爸爸会大喊着让他不要懒散。他们的注意力都放在哥哥和弟弟身上。如果她还没有上车，他们就已经离开了，那会是一件悲惨的事——对他们来说是悲惨的。有几个原因，首先，由于她不能像曼丹人那样训练马匹，所以她收服了两条狗的心，因此狗儿们当然会和她待在一起。而且，她是家庭中唯一一个正在练习生存技能的人。没有她，他们活不下去的。

瑞尔准备了一只很大的应急装备包，里面装满了东西，塞在床底下。那是一只粉色的芭比健身包，很旧，侧面有个放水壶的网兜。瑞尔把瓶子装满了水，插在网兜里，把火柴浸上蜡，装在了一只巴吉袋①里。她还带上了手电筒、备用电池、在派对上捡到的点烟器、两支油性记号笔和一沓纸。书里说逃生的人应该带上干肉饼，她觉得最佳的替代品是燕麦棒。她贮藏了六到十二根燕麦棒（有时她晚上会吃一根，一连几天都忘了在应急包里补上空缺）。她还带了压缩狗粮、强力胶布、万能胶和一些钱。印第安人不需要万能胶和钱，但她觉得自己不一样，她是个现代的印第安人，新旧混合。她还从妈妈的旧露营用具中拿了一瓶净水药片和一张太空毯。她的计划是

① 用于包三明治等食物的透明小塑料袋。

在被抛下之后（如果是夏天的话）从后厅壁橱里拿出小型冲浪板，把背包系在上面，然后和两条狗一起游到湖中央，在其中一个岛上搭起帐篷。她和狗儿们会待在里面，就像她跟妈妈说过的那样，靠鱼和燕麦棒生活，直到渡过危机。

所以没错，她才是那个掌握了生存技能的人。她从书中学到了该如何往钓钩上放诱饵，之前也抓到过鱼。她甚至知道该如何在下雨天生火，如何用画刷搭建一个遮风挡雨的地方。她已经养成了看《现代鲁滨孙》的习惯——节目中的人是跟过去的印第安人最像的人。她会吃虫子和死去不久的松鼠，或者其他任何东西。她观察过湖边的鹅，非常确信她能抓到一只。她甚至知道哪些苦涩的植物可以吃。与此同时，家人们却忘记了祖先留下的遗产。是的，他们会后悔没有带着她一起离开。而当他们试图离开城市，却被困在巨大拥堵的“魔方”中惊恐万分时，她也会为此感到遗憾。

突然，他们中有人提起了她的名字，她的妈妈开始尖叫，想要跳下车，回去找她。她的爸爸说，不行，这样你也会丧命的，我们最好活着，保护还在身边的孩子们。斯通尼开始哭泣，但弗洛里安盯着窗外微笑，知道瑞尔一个人其实过得更好，记得她还有狗陪在身边，什么也没说。这是一段漫长的旅途，也许永无终点。他们会变得野蛮残暴，但弗洛里安除外，他的头脑会让他保持理性。几年之后，弗洛里安会带着一个有关背叛、意外、人吃人的恶心故事蹒跚归来，为妈妈吃了爸爸并偷偷把爸爸的一部分尸体喂给了孩子们而内疚。那时妈妈可能太愧疚了，以致不敢现身。弗洛里安、瑞尔和两条狗会守着房子，击退入侵者，直到妈妈克服了羞耻感，回到家中。

她会带斯通尼一起回来吗？这是一个需要好好思考一下的问题。如果那时斯通尼不再说话了，可能是因为他认出了他正在吃的手指戴着爸爸的结婚戒指。但这当然是不可能的，妈妈会用偷来的蔬菜把人肉伪装成炖肉。虽然妈妈从未亲口承认，但她总是偷偷地站在他们这边。

※

吉尔走进艾琳的办公室时想，要不是她事事都对我守口如瓶，我也不会走到这一步。那种病态的冲动导致他现在得去看心理医生。他同意了——在胁迫之下！但他对此并不畏惧，事实上，这反倒给了他希望。心理医生当然会站在他这边，帮他保住这个家，慢慢地说服艾琳再给他一次机会，他会真的做出改变的。情夫不会取代他的地位。

他已经很久没有发过脾气了，但他道歉后，弗洛里安不仅原谅了他，还告诉他艾琳拍了一张他前额瘀伤的照片。吉尔抱住弗洛里安，一遍又一遍地夸奖他是个多么棒的儿子，现在他们的关系又变得亲密了。至于艾琳，嗯，现在她每天都早早起床为孩子们精心准备早餐——抹了奶油的法式吐司、炒鸡蛋、水果奶昔，再说她还在考虑该要哪种乐器呢。他可以再找时间同她讨论照片的事，或者直接把照片从她的手机中删掉。

他翻开她的日记，重新补上他们生活中的细微琐事，并享受于此，但是他整整读了三遍“我对吉尔很忠诚，原因显而易见”才终于读懂这句话的含义——她没有背叛我，她是我的。

地面仿佛停止了晃动。

他呆坐在椅子上，过了一会儿，才发现眼泪在往下流，沾湿了衣领。他笑了，用掌跟擦了擦脸颊。泪水仍然夺眶而出，他又笑了几声，摇了摇头。他之前把自己封闭了起来，变得多疑，窥探她的生活。他仔细检查了每一张信用卡的账单和电话账单，而她对此毫不知情。甚至有时当孩子们还在车里，他也会把车开到湖边，以确定她真的是在散步。

妈妈在那儿！其中一个孩子会指着妈妈喊道。

我们就在这儿掉头吧，他会这么说，给她一些私人空间！

他曾让朋友们小心翼翼地质问她，暗示他们自己也曾不忠。而一直以来，她都是忠诚的，原因显而易见。他靠向椅背，将手指放在嘴唇上。

原因显而易见。那是什么呢？

※

那天晚上他和艾琳一起去散步，他试图牵起她的手，却被她挣脱了。她牵着两条狗，将拴狗的皮带绕在手腕上。她的鞋底很滑。狗向前猛冲，拉着她穿过冰冷的居民区街道。它们越跑越快，像狼一样大步往前奔。艾琳身穿修长的黑色外套，手臂举起，犹如舞者，在街灯的明暗中怪异地滑行着。吉尔屏住呼吸，看着她在夜色中奇怪地穿梭。他觉得她会消失，会有事情发生。她会越滑越快，被拖入黑暗之中，直到他再也见不到她。

接着一只狗兴奋起来，越过了另一只狗，狗链缠在了一起，狗和人都倒在了雪地上。吉尔跑过去扶她起来，惊恐万分。眼前的景象就像是舞台上的一场魔术表演，或是一场梦。她对自己的体力很自信，做得出这种疯狂的事。她滑得那么快，他希望她永远也别再这么做了。

"应该去趟华盛顿。"艾琳笑着站起来，拍了拍身上的灰。她让狗站在自己身前，两个人再次迈开了脚步，这回吉尔走在她身边。华盛顿。尽管她在日记里写了那些话，吉尔心中还是很怀疑杰曼的事，杰曼因为工作经常会去华盛顿。艾琳讨厌旅行。他握着她的手，她把手抽了出来。

她解释说："我要去看凯特林的画。"

嫉妒像划过的火柴一样在吉尔心中燃起。"我不明白你怎么总在看他的画，那些画千篇一律。你干吗非要去那儿？"他质问艾琳，试图以此扑灭内心的小火焰。

她说："我觉得他不是一个伟大的画家，不像你。"

她恶狠狠地说着，她还在惩罚他。

"你觉得我是伟大的画家？"他问道，声音中透着凄凉，"凯特林恰好赶上了正确的时机，艾琳。他在正确的时机画了那些画，要是换个时候，那些画就没人看了。这种事情可能会发生在任何艺术家身上，无论他的绘画技巧如何，抓住了时机，作品就会变得很重要。也许我只是在胡说八道，艾琳，也许我的话毫无意义。但你怎么知道你是真的擅长自己所做的事情，还是恰好碰对了时机？”吉尔的声音颤抖着，带着自怜。过了一会儿，他回答了自己的问题，语气充满犹豫。“我没有赶对时机，我不认为我赶对了时机，实际上时代潮流对我是不利的，印第安人的艺术再次落伍了。”

“这句话不能更自恋了。”艾琳说。

“你应该画白人。”她抓住他的手，摇晃着，好像他俩是两个牵着手的女孩，加快了步伐，“看看人口统计数据！他们才是正在消失的人，你应该记录他们走向终点的旅程。”

吉尔决定宽恕艾琳的这番话，而不是将之视作侮辱。他们在街灯的光影中穿梭而过时，她一直握着他的手，之后也没有放开，这让他心情振奋。他的不安，甚至受伤的感觉都消失了，他觉得愉快，充满了信心。他突然觉得一切都是有希望的，不是吗？她没有因为杰曼是黑皮肤、有部落的入籍登记而对他倾心，没有因为他的智慧和善良而选择他。空中悬浮着冰冷的雾，吉尔看着雾气缓缓飘动、扭曲着他们身边的灯光，灯光在大雪覆盖的整洁的街道上、黑色的窗户上、光滑的铁栅栏和树梢的断枝上来回反射，吉尔看得出了神。

艾琳说：“我明天要去见弗洛里安的老师，教他英文课的老师。”“那个白痴！”吉尔快活地说，“有些老师，就算把好文章砸在他们面前都看不出来，他爱说什么就说什么吧，反正弗洛里安是最好的学生，而那家伙是个只会嫉妒的蠢货！”

※

艾琳在教室里的一张课桌前坐下，摘下围巾。

“家里一切都好吗？”格雷厄姆先生问道。学生们对这位英文老师直呼其名，叫他格雷厄姆·克莱克，或者就叫他克莱克——弗洛里安就是如此，这给艾琳留下了一个印象：克莱克是个年轻人，但很枯燥、脆弱。

“还好吧，”艾琳说，“我觉得还好。为什么问这个？我的意思是，我来这里的目的是讨论弗洛里安的论文。为什么问我这个？”

“弗洛里安看上去相当，怎么说呢……独来独往？孤僻？”

“孤僻？弗洛里安下课后走得早，那是因为他要去大学上数学课。所以我想，”艾琳说，“对他来说，交朋友有点儿难。”

“那我就坦白说了吧，我可以实话实说吗？”

艾琳抢先说道：“《蝇王》是一本非常冷酷阴暗的书，弗洛里安的世界观本来就很抑郁了，所以我才想问问您，弗洛里安可不可以读一本其他的书，完成这份读书报告？什么书都行，只要不是《独自和解》或《麦田里的守望者》，或者任何一本结局是……您懂的……实话跟您说，最近家里的事情不太顺。”

“那我就坦白告诉您吧，幸亏您来到这里，前些天，弗洛里安来上课时，他的额头上有瘀伤，我问他是怎么回事，他提到了他父亲。身为一名教育工作者，我有义务向上级汇报这件事。我想了想弗洛里安的生存环境，我们认为他的世界观非常敏感、独特，需要进一步培育。”

“我们？”

“我，还有弗洛里安的其他老师。弗洛里安也许在未来的某天能取得非凡的成就，所以现在这个阶段，他应该去一些顶尖的大学里看看，去听听课，比如去麻省理工学院听听课，我们之前谈过这个，我记得我们谈过，这应该不会让你感到惊讶。身为他的母亲，你应该一直支持他，做他的后盾。他需要安稳的生活健康成长，而给他这样的生活毫无疑问是你该做的事。”

“是的。”艾琳说。

一阵尴尬的沉默。瘦瘦的克莱克紧张地坐在课桌后面，来回摇晃椅子。

“我猜家里有两位天才并不好过。”

“弗洛里安是天才。”艾琳说，“我丈夫是位很优秀的画家。”

克莱克低头看着他的报告。“既然我们谈过了，”他说，“那我就不需要将这件事报告上级了，不需要把事情搞大，我只要知道从现在开始你会保护你的儿子就可以了。”

艾琳说：“我会这么做的。”她把围巾放在他俩之间的课桌上，“但是如果涉及——我只是说有这种可能性，但请你保密——如果我必须离开吉尔，需要争取孩子的监护权时，你是否愿意出庭做证，说你看到了弗洛里安头上的瘀伤？”

“我会的，我会的，但如果我这样做，到时候人们就会问我，为什么你看到了瘀伤却不及时汇报？所以你看，你必须采取行动，我只能帮你这么多。”

“明白了，嗯，你的建议一直——也许不是很有用，但是在弗洛里安的事情上，你是为他着想的。”

“是的，这你放心。”

“那你能为他布置一些轻松点的书吗？”

克莱克说：“年轻人不喜欢轻松的故事，他们喜欢悲剧性的、残酷的故事，你知道的。”

“我想你是对的，他们需要得到确认。”艾琳说，她几乎是在自言自语，“他们想与外界的悲剧和残酷保持距离，安全地观察这个世界，不是吗？他们想知道这些事情——战争，杀戮，变成孤儿，被抛弃——不会发生在自己身上，他们不会被孤身一人抛下，只能自己照顾自己，他们不会受伤，不是吗？”

“每个人都会受伤。”克莱克说。

“不该这样。”艾琳说。

“我会为他做任何力所能及的事，但我没法代替你来采取行动。”克莱克伸手拿起艾琳的围巾递给她，她从他的指尖中将围巾抽了出来。

※

太阳出来了，每次吉尔发完脾气，太阳都会出来。几天以来，一切都很顺利。弗洛里安的读书报告得了C，艾琳找克莱克谈了谈，弗洛里安修改了报告，成功地将成绩变成了A-。艾琳带孩子们去看冬天的帕瓦仪式，他们同路易丝和波比坐在一起。波比是个非常漂亮的莫霍克族女人，一头金发，冷酷、性感，两片薄薄的嘴唇很好看，像雕刻出来的一样。鼓声太大，他们听不清彼此说的话，只能互相大喊，或是趁着两首歌曲的间隙说话。波比孩子的舞衣都是她亲手缝制的，她告诉艾琳。

“真的？”

尽管波比的薄唇看上去很冷酷，但她其实是个很随和的人，看上去非常真诚。

艾琳惊讶地盯着波比，说：“做衣服要花很多工夫，太费事了。”

路易丝说：“她不是在开玩笑，她真的会做舞衣。”

波比最小的儿子在仪式中表演，他的舞衣是草编的，黑红相间，拖着窄窄的白色丝带，随着他的舞步来回飘动，衬衫上绣着复杂的图案、缀着珠子。他摆动着头上的羽毛，自信地移动脚步，这个小小的男人，就像波浪中一株荡漾的水草。

弗洛里安说："该死，他跳得真好！"

"记住，"播音员在鼓声停下的时候喊道，"这是你们的土地，是印第安人的土地！"

瑞尔兴奋地握着艾琳的手，抱住她。"妈妈，你听到了吗？这是印第安人的土地！"

"基德韦（Gidebwe）。"艾琳说。

瑞尔说："你必须教我说印第安语。"

"当然。"

"别用英语说当然，用印第安语说当然。"

"该该提掴（Geget igo）！"艾琳笑着说。她学过奥吉布瓦语，现在几乎都忘光了。

瑞尔兴高采烈，低声重复着这几个字。舞者们旋转跳跃时，她看得全神贯注。

"就是你！"波比向瑞尔飞了个吻，"我会先做你的舞衣，你喜欢什么风格的？"

瑞尔看着舞者们从她身边忽闪而过，旋转着披肩，骨质的护胸和铃铛碰撞着发出丁零零的声响。舞者们在四个最响亮的节拍中举起了手中的扇子，瑞尔呼了口气说："这种风格。"之后孩子们在艾琳的车里玩疯了，开心不已，吵吵嚷嚷，车厢里满是鼓声和吃棉花糖的声音，就像其他孩子一样。

车子开到了家门不远处，瑞尔说："我们再开一段吧。"

于是他们在寒冬中开车围着湖转了一圈又一圈。雪花已经冻结，飘在空中闪闪发光。当他们终于来到家门口时，天空已经是深蓝色的了。吉尔说他的画快要画完了，他不能离开工作室。其实他是在打电话，为派对做最后的安排。现在他知道了艾琳是属于他的，她是忠诚的，就更想给她一个完美的、难忘的夜晚。不过，他并没有给路易丝打电话，取消让她在派对当天陪着艾琳的请求。他仍然想知道——这有什么错呢？他想知道她不跟他一起的时候会做什么。

“杰曼吗？我是吉尔。”

“吉尔。”

“我知道，我知道，我们有一阵子没联系了。这么说吧，我只是想邀请你参加艾琳的生日派对，在 11 月 30 日。你知道，虽然可能性极小，但也许下周你和丽莎正好在镇上，不如趁这个机会来我家玩玩吧？我要给艾琳一个惊喜。”

“我们不在镇上。”

“哦，真的吗？我以为你经常来这里。”

“没有。”

“不过，就算你们不太可能来，我也随时欢迎。”

“我们不会去那儿的。”

“你在波特兰住得还习惯吧？”

一阵尴尬的沉默，吉尔翻了个白眼。

“不打扰你了，只是问问。”

吉尔挂了电话，接着又抓起听筒，砸在了座机上。

“你算什么朋友，”他吼道，“你没成，是不是，你没勾搭成！

滚回你的基金会去吧，浑蛋！”

弗洛里安摇摇晃晃地走进厨房，打开橱柜和冰箱，给自己倒了一杯牛奶。

“今天过得如何？”吉尔问道，他把头发往后拢，在脖子后面扎起了马尾，“还顺利吗？”

“总的来说吗？”

弗洛里安喝完了牛奶，又倒了一杯。

“不要现在就把牛奶都喝光了，弗洛里安，给我们其他人留一些。”

“妈妈买了两加仑[①]牛奶。”

吉尔看着弗洛里安，他先是很恼火，接着就震惊于儿子的英俊。弗洛里安没有戴眼镜，又短又直的完美睫毛衬托着一双细长的棕色眼睛，在他白皙的皮肤上显得深邃明亮，他的头发中间耸起，向前散去，如同插上一簇簇羽翎。弗洛里安喝牛奶时将臀部靠在厨房的案台上，这个姿势无意中显示了一种性感的前兆，他长大后会非常英俊。弗洛里安离开厨房时，吉尔朝他喊了一句“我爱你”。

他听到弗洛里安的脚步停了下来。

那一刻，弗洛里安正经过餐厅里碗柜上挂着的波纹古董镜，他更小的时候从不看这面镜子，因为它把人变得灰暗、扭曲，就像在

---

① 1加仑≈3.785412升（美制）。

水下移动。爸爸跟在他后面，停在了弗洛里安身后的门边。他们的视线在镜中相遇了，在弗洛里安看来，那一刻他们俩仿佛都在水下，他痛苦地喘着气，感到一种揪心的痛。

“我也爱你，爸爸。”他说道。

吉尔走过儿子身边的时候碰了一下他的肩膀，他想画下弗洛里安一只手搭在木头桌台上，靠着案台站着喝牛奶的情景，他穿黑色的T恤、牛仔裤，光着脚。一个男孩在喝牛奶。这一个动作，便显示儿子既脱离母体，又与之水乳交融的关系。吉尔想到了艾琳和他正在画的那幅艾琳的肖像。他来到楼上，想着能不能在艾琳的生日前把画完成，然后送给她。《艾美丽佳》系列的肖像画她一幅也没有，这些画总是一完成就立刻卖出去了。他画着那幅肖像画，画中的艾琳像个死人，同时继续画着他一年前开始画的那幅老画。

在那幅画里，艾琳转过身，她弓着腰，身下有个东西，像是要把它藏起来。她在看着画框外的某个人，双手放在两腿之间。他觉得她像只狗，守着她的“小骨头”，她的性，仿佛他想把这些偷去一样！跟弗洛里安相处的那短暂而愉快的一刻被遗忘了，脑中只有杰曼说话的声音和挂断电话的声响。但是，吉尔提醒自己——他的想法突然清晰了起来——她是忠诚的。他笑着打开了通向小阳台的法式双扇玻璃门，走进冰冷的风中。紧接着当冰冷的空气如刀子般穿过他的衬衫时，他感到一阵狂喜在身体里躁动。

※

艾琳穿过酒店的大厅，玫瑰色的石头地面上有桃子和锈迹的纹路，门廊和门框上整齐地镶着苦木。大堂里还插着弯曲的柳条，以及长着淡绿色花舌的青铜色花朵。在等电梯的时候，艾琳对着面前闪闪发光的金属门，看到了自己的窘迫和需求。就是在这家酒店，她曾跟杰曼欢度了几个小时的时光。他们几乎不说话，床单沉重，她能感觉到他们的身体模模糊糊地在墙上一个弧形的金色镜子中滚动。艾琳走进电梯，按下按钮，闭上了眼睛。她来到了酒店的三层，走进了她跟路易丝约好见面的餐厅。跟她记忆中的一样，餐巾被浆洗过，折成扇子的形状。他们吃午餐的时候，杰曼小心翼翼地打开了餐巾，她看着他用手将僵硬的餐布弄顺滑，这些动作是他不知不觉做出来的，他的双手自有一种敏捷，手指沿着桌布滑过，将玻璃杯拿在了手中。从那以后，每当艾琳在等待杰曼时，总会想到那一个小时中他双手的动作。

艾琳来到桌前，路易丝起身抱住了她，把她身上搞得乱糟糟的，嘴里还在开心地咀嚼着。她正在吃艾琳盘里的面包。

“不好意思，但你迟到了。”

艾琳把手机放在桌子上，要是孩子们的学校打来电话，她就不会听不到了。她深深地吸了一口气，觉得头脑很清醒。

我要告诉她，她想。我要告诉她我准备离开吉尔。如果我只把这件事告诉一个人——我可以只告诉一个人——她就是那个人。

“路易丝——”她说。

“等一下！我能再吃点儿你的面包吗？求你了。”

路易丝动作夸张地拿走了更多的面包。现在艾琳在这里，她觉得不自在，尴尬。吉尔打电话请她帮忙为艾琳筹办派对时，她并没有感到烦躁，她觉得被邀请参加这场活动是她的荣幸，她很感动。但当吉尔请求她在午餐后质问和跟踪艾琳时，她惊呆了，一时不知该如何回答。但她很快就意识到，如果她不帮吉尔执行这一部分的计划，那么就会有其他人跟踪艾琳一整天。谁知道吉尔为什么想要这么做。所以她答应了。

“你很安静。”艾琳说，“你还好吧？”

“只是饿了。”

她应不应该破坏这个惊喜，告诉艾琳当她回家时，吉尔和朋友们会拿着香槟、蛋糕和礼物迎接她？为她准备了包装精美的礼物，就像自己汽车后备厢里的那件一样？

“嗯，你儿子怎么样了？我们一直没聊过他。”艾琳点了杯热茶。

“他还不错，这周由他爸爸陪他。你知道雷・德沙丁吗？在大学里教工程学的。他结婚了，有两个小孩。我儿子喜欢去他那儿，在那儿他能有自己的房间。你知道他妻子吧？她是纳瓦霍人，或者说是个迪捏①，文静、娇小、美丽。”

---

① 纳瓦霍语中“人”的意思。

“我记得雷的辫子，一直垂到腰间。”

“他的辫子现在很细，以前挺粗的。现在辫子‘瘦’了，肥肉都去他的肚子里了，但他是个好人，比表面看上去更有想法、更成熟。”

路易丝问艾琳的论文写的是什么，艾琳于是讲起了凯特林，讲他是怎样伤了一头水牛，然后趁着牛慢慢死去的工夫把它画了下来。他在一封信中描述了这一过程。每次水牛试图躺下咽气时，他就用尖头棒打水牛，惹它发怒，最后水牛断了一条腿，无法朝他猛冲过来。

“画这么一幅作品很残忍，”她说，“但他喜欢印第安人。我们伤害了他，弄坏了他的身体，伤了他的心，偷走了他一生中最大的安慰。一切皆因他无法抗拒我们的世界的诱惑。”

艾琳知道她一打开话匣子就停不下来，她害怕自己会说出想要离开吉尔的事。

艾琳把手放在了桌子上，路易丝按住了艾琳的手。

“嘿，”路易丝说，“我得问你一些事。”

“等等，”艾琳说，“我有事要告诉你。”

“是个惊喜吗？”

“在某种程度上，是的。”艾琳说。

路易丝仍然按着艾琳的手，仿佛她忘了把手收回去。艾琳翻过手，她们掌心相对。路易丝的手温暖而干燥，艾琳的手敏感而结实。

艾琳抓住她的手说：“我很高兴你就要成为我的姐姐了，我的姐姐，对不对？”艾琳的心跳到了嗓子眼，“要是我跟你说了，你不会告诉吉尔吧？”

路易丝把手抽回来放在大腿上，她很确定，艾琳让她保守的，是关于一场外遇的秘密。除此之外，吉尔还有什么理由让她跟踪艾琳呢？她无法对吉尔撒谎，她不会撒谎。

“也许你不该告诉我。”路易丝说。

她们盯着对方。艾琳的脸开始发烫，几乎无法呼吸。

她们还没有熟到能读懂彼此的潜台词。她们开始吃东西，小心翼翼地咬着食物，谈论她们的孩子——一个安全而中性的话题。

※

吉尔让大家把车停在街上，远离房子旁边的车道，艾琳接完孩子后开进那条车道。他把狗带到了狗窝，以免它们打扰客人。他把自己买的礼物放在了卧室——白玫瑰、白色的睡衣、白色的日式浴衣、一种叫作白色夜曲的香水。

路易丝把车停在了离房子很远的地方，双手捧着礼物走过了铺沙的人行道。她小心翼翼地抱着礼物，不情愿地迈着步。这份礼物很脆弱，但不易碎，是一条灰色的纱巾。进屋后，她把礼物交给了吉尔，吉尔问她是在哪里见的艾琳。听到这个问题，路易丝突然感到又愧疚又愤怒。

“如你所知，我邀请她吃了午餐。”她说。

“她去了其他哪些地方？”

“你到底怎么了？”路易丝把脸凑上前去，人群从他们身边碾过，“你究竟是怎么了？”

“哦，”吉尔用一种充满魅力的声音说道，“我看起来像是一个在吃醋的老公吗？我猜是的，但你能怪我吗？她来了，看！”

路易丝转身想要从房子后门直接离开，不做停留，但吉尔和其他人迎面走来，簇拥着她穿过客厅，进入一间宽敞的餐厅，餐厅里面摆满了食物，还点亮了数十支白色的蜡烛。

在车道上，汽车的门砰的一声被打开了，不一会儿，孩子们从敞开的大门走了进来，边走边聊着天。艾琳也走进了房间。

“生日快乐！”路易丝与其他人一起大喊着。

艾琳盯着路易丝，脑中想的都是她和吉尔暗中串通一气的事实。吉尔就站在路易丝身旁，向她表示感谢。难道这场惊喜看起来就像一场背叛吗？艾琳睁大了双眼，思考着，因为失望而觉得恶心。竟然是他们两个。也许现在她再也无法脱身了。

“生日快乐，亲爱的！”吉尔喊道。

接下来的一切都成了噪声，吉尔把孩子抱在怀里，路易丝消失了。眼前的派对旋转起来。艾琳端着一杯香槟，站在金色阴影中，心想自己最好迷迷糊糊地度过今晚，便把酒杯送到了嘴边。

※

那天晚上他们如格斗般粗暴地做爱，仿佛秘密从他们的皮肤之下挣脱了出来。她长长的手指甲参差不齐，他捂住她的嘴，按住了她的头。他们吹灭了所有的蜡烛，关上了所有的灯，连门廊上的灯也关了。屋中的一切都是死一般的黑色，十分空洞，就像派对过后凌乱的房间中弥漫的那种空虚感。孩子们被他俩的朋友们接走了，不在家过夜，狗也不在屋里，让人觉得怪异。两人就在完完全全的黑暗中不停地做爱，做爱，无法到达高潮也不停下来。他让她说了他所有想听的话，她把白色日式浴袍的腰带递给他，他将腰带系在她的脖子上。

她醒来的时候，赤身裸体，浑身疼痛，还被绑在床上。

※

第二天早上孩子们回来后，屋里还保留着那种奇怪的寂静。孩子们回到自己的房间，整天都安静地在房间里玩耍，或者做作业，仿佛他们感觉到了父母的精疲力竭。艾琳和他们一起吃了午饭、晚饭，吃饭的时候，他们的表情遥远且警惕，他们慢慢地走向艾琳说晚安的时候，带着热气的沙哑耳语声中流露出了恐惧。她搂着他们说会没事的。“什么？什么会没事？”他们紧紧地抓着她的手臂，不肯放开，直到吉尔让他们回房间。

※

艾琳杜撰的“水貂”的故事其实是另外一个故事的一部分，那是一个更长、更复杂的故事。1832 年，凯特林画了一位颇具人格魅力的达科他酋长“小熊”，这为他的对手——臭名昭著的新加（又名“狗儿”），提供了一个狠狠羞辱他的借口。画像中，“小熊”侧着身子。新加说“小熊”没被画出来的那一半很坏、没有价值、可耻，他只能算是半个人。两个人的怒火演变成了致命的厮杀，“小熊”没有被凯特林画进去的那一半脸被子弹击中了，伤势严重。“小熊”去世后，“狗儿”被忠于“小熊”的斗士逮住并宰杀了。

这个故事的奇特之处在于那幅丢失了的画像，这幅画预示了男人死亡，也确实让他为之送了命。而对凯特林来说，画出这样一幅肖像只是一种本能的、美学上的选择，出于艺术家的某种幻想，或是画了太多正面肖像画，对此厌倦了。

凯特林的画引起了猜疑，造成了死亡。凯特林所拜访的那些部落很有艺术气质，制作了包括绘画在内的很多非凡的事物。玛托托帕，即“四只熊”酋长，向乔治·凯特林展示了一件水牛皮长袍，长袍上绘制了他那满是血腥的剥削故事的人生。那些画复杂、精美，具有象征性和戏剧性，画是一维的，没有影子。凯特林带来了很多欧洲发明——钢刀、铁水壶、枪、斧头、贸易珠、可以把腿卡住的陷阱、一份印第安人花了大价钱买来当作药物使用的报纸——除此之外，他还带来了影子。

因为这些影子，他的绘画有了超自然的能力，可以直接复制梦境、制造分身，仿佛他所画的对象突然有了一个双胞胎——看上去活生生的，仿佛能呼吸，目光追随着你，只是不会动。这些画既受人崇敬也令人恐惧。有些人不安地咒骂，说那些画上双眼睁开的人死后也无法得到安息，因为他们的某一部分将继续存活在这个世上，盯着这个世界。另外一些人则紧张兮兮地说凯特林画了水牛之后，就将水牛放在他的作品集里带走了，这导致了他们赖以生存的水牛日益稀缺。所以实际上是影子偷走了真人，变得越发真实，直到它们成了这个世界上唯一剩下的东西。

※

有时，艾琳和吉尔都厌倦了斗争，他们就索性走出战壕，搂着孩子们的头抱在一起。国王十世乐队发行专辑，一家人都陷入了相亲相爱的气氛中。派对之后下了一场大雪，他们一起度过了一个非常美好的夜晚。积满雪的树枝落在了某处的电线上，切断了这片城区所有住户家中的电。瑞尔和斯通尼正在地下室里看电视，摸黑上了楼。弗洛里安的电脑屏幕黑了，他下楼喊父母。吉尔从厨房往外走，艾琳正往里去，他们轻轻地撞在了一起，互相抱了一会儿。两条狗安静地将注意力都集中在他们身上，把他们赶到了一个房间里。

“蜡烛放在哪儿了？”

“我知道，在装杂物的抽屉里！”

“火柴呢？”

“火柴跟蜡烛放在一起。”

火柴一划，火光闪烁，照亮了妈妈的脸，她在微笑，她很兴奋，她喜欢这些小小的意外。

“我们该怎么办？我们该怎么办？”斯通尼喊道。

“我们每人拿着一根蜡烛出去吧。”艾琳说。

她将五根蜡烛卡在一个小小的纸盘上，这样蜡油就不会滴在他们手上了。他们穿上大衣、靴子，拿起蜡烛，和两条狗一起走到了外面。艾琳点燃了蜡烛，火光跃上了他们的脸庞。下午就已经开始下雪了，吉尔推测是哪里的积雪太厚了，砸坏了变压器。艾琳笑了起来，说：“你知道变压器是做什么用的吗？”吉尔没有觉得被冒犯，而是跟她一起笑了，大叫着：“变形！一切变形[①]！”他们走在烛光下，欣赏着静静屹立于厚厚积雪中的房子。光藏在

---

① 变压器的英文为transform，有“变形”的意思。

漆黑的窗户后面，在房间里神秘地跳动着，但没有人跟他们一样走到外面。

雪散发着自己的光芒，低洼的云层上反射着路灯的光芒，路灯依然亮着，只是换上了电压较低的应急电源，天空是惊人的橙色。他们一路走到了公园的球场，球场上盖了一寸厚的积雪，硬硬的，没有人踩过。蜡烛已经烧得只剩一小段了，再让孩子们拿在手上就危险了，所以他们只在家门口走动。公园的灯光在雪地上投下模糊的影子。艾琳说这是玩踩影游戏的绝佳地点，她小时候经常玩这个游戏，夏天的时候会在路灯下玩。于是他们玩了起来，踩住影子就算胜利。艾琳和吉尔开始奔跑、旋转身子，在彼此躲藏的黑暗处跑进跑出。孩子们蹲下、滑动，不断地跳跃，这样影子就会变得很小，凝聚于他们身下。两只狗在家人周围绕着圈跳，不让他们走失。吉尔在灯光下找到了一个可以完全将影子藏在脚下的地方。艾琳和孩子们围在他身边，大笑起来。当他们靠近吉尔要抓住他的时候，吉尔跳了出来，他的影子飞快地掠过了球场。

Part 2

在菲茨杰拉德落魄而终的十二年前，他曾在一部小说里写下这样优美的句子：人们很难发觉，心扉会在某个瞬间彻底敞开，一尘不蔽，即使是一记最轻柔的触碰，也会令它凋伤委顿，或是治愈创伤。倘若与之失之交臂，便无处寻回。一旦凋伤，虽有灵丹妙药亦于事无补；若是痊愈，纵是霜锋利刃也奈何不得。

后半段话让吉尔感到困惑不解，但前半句总是让他想起艾琳。菲茨杰拉德所说的“瞬间”深刻地影响了他的行为，因为他始终觉得他和艾琳中间隔着一堵无形无质的石垒高墙，墙体上缝隙斑斓，沟壑纵横。他相信，他们之间那些覆水难收或是如鲠在喉的话、互相伤害的事、彼此的误解、纷乱纠结如混凝砾石的过往，如此种种，只需一个这样“纯一”的瞬间——或是一个符号、一个隐喻——就足以涣然冰释。他希望能有一个这样的瞬间，让他能触到艾琳的心扉、能改变一切。

虽然艾琳告诉过他不能被“瞬间”迷惑，但是，历史就是在一个个合适的瞬间推进的，绘画也是如此。有时，一笔之差，境界遽变。但这就是他最享受的：细细品味画作杀青之际的须臾之差。艾琳说他准是电视看太多了，才会对生活和艺术里的“关键瞬间”着了魔，而他则援引菲茨杰拉德的话，证明所有伟大的画作都是灵光乍现。

“没错，艺术关乎瞬间。”她说，“但伟大的画作不只蕴含一个瞬间，而是多重瞬间叠加共生的。你看看伦勃朗后期的自画像，他一辈子的每个瞬间可都在眼睛和神情里透着呢。”

“才不是。”他答道，“你看看《沐浴的亨得利西亚》，是不是一个香艳的瞬间？还有勃纳尔的《剃须镜中的自画像》，也是描绘瞬间的落寞颓废，但你能看出来，那一瞬间，他的神色一点儿也不可怜，反而清醒而坚毅。”

“是所有的瞬间……”艾琳说。但是吉尔抬高了嗓门。

“勃纳尔的自画像就是表现那一瞬间的！绘画领域的时间概念你从来没搞清楚过！”

他们俩总是这样争来吵去，这次已经是其中比较温和的了。一旦发现某个问题有可辩之处，他们就会争上个把小时。这至少可以证明一件事：他们对彼此都没有厌倦。两人之间或许暗怀恨意，最起码艾琳恨吉尔，而他则在一门心思想着如何赢回她的芳心，所以虽说不清到底有多恨她，但恨早已在心壤深处落地生根。这种恨意镌刻在他无形无质的心墙上，他看不见也触不到，但它就在那里。他幻想着那堵墙上裂隙扩张，继而倾塌瓦解，而这首先要他超越恨意，即使他自己都未曾发觉它的存在。

吉尔心里有一堵墙，艾琳也一样。他们对彼此未知的以及无法想象的一切都隐藏在两堵墙之间的混沌大荒之中。而这片领地，他们从未曾涉足过。他心里已经大致有了这片荒原的清晰图景，在他看来，那是一尘未蒙的伊甸乐土，就像朝韩三八线上的非军事地带。

※

12 月 4 日，上午九点。他们第一次去一位婚姻咨询师的诊所，那是一位亲切和蔼、散发着母性光辉的六十二岁老妇人。吉尔没失心疯，他很清醒，用平静柔和的语气，讲起了心中的那片混沌大荒。

“我看到我和艾琳就站在三八线隔离区的两端，中间是锋利的钢丝围墙、万炮对峙的疆场，还有密密麻麻的情报侦察网，凡是你能想象到的，这里应有尽有。我们中间是一片爱与思念的地带，既属于我，也属于艾琳，而我们都不曾涉足这里。”

“嗯。”咨询师说道，“我知道军事隔离地带是什么样子。”

“那里生物多样性很丰富，景色也很美。”吉尔说。

“所以呢？”咨询师问。

“那儿有丹顶鹤，是和平的象征。”吉尔答道。

“我可没听说过丹顶鹤象征和平。”艾琳插了句嘴。

“你究竟想表达什么意思？”咨询师问。

“我觉得，我们可以进入这片隔离区。”吉尔说道，便垂下了头，陷入沉默之中。

过了一会儿，医生转过去问艾琳。

“艾琳，你怎么看？”

吉尔打的这个比方确实很诱人。她曾听说，虽然那条防卫线两侧是高墙铁索，有军队昼夜巡视，但这也使外界濒临灭绝的物种在此得以繁衍生息。因此，那是一片极为罕见的土地。她曾想亲自去那里观光，但是一直未能如愿。

她叹了一口气，目光望向吉尔和医生，问道："那，如果我们有一方抢先研制出了核武器怎么办？"

吉尔和医生都陷入了沉思，房间里只有通风管道内的压缩气流嘶嘶作响。

"你已经有核武器了。"吉尔忽然说道，同时有意向她靠了靠，"问题的关键是，你会不会使用核武器？"

"哦，你的意思是，我成了'朝鲜'了？"

"对。"吉尔柔声应道，"我觉得你就是。"

"等等……"咨询师想打断他们。

"没门！"艾琳应道，"我要做'韩国'，那儿的女人能当政，还有动漫专家。我要做亚洲猛虎！"

"先停一停……"咨询师说。

"你才是'朝鲜'。"艾琳说道，"是你把'核弹头'吊在我的头顶，绑架了我和孩子。"

"我的'核弹头'？"

"对，就是你的'核弹头'，不过没那么大，你那个小着呢，小得可怜。"

"不是，"吉尔说道，"不对，我的尺寸可比全国平均值要大。"他转过去问咨询师："你知道我们国家男人阴茎平均长度是多少吗？”

“我不知道我能不能帮到你们俩。”咨询师答道，“你们一直在这儿兜圈子，没有提到任何实质性问题，你们真的是想来解决问题的吗？”

“当然是的。”吉尔说道，“很抱歉，我是真的想解决。”

“他被自己的比喻绕晕了头。”艾琳说道，“他的画都是画到一半就忘了，就在那堆着，他现在都不知道自己画了些什么。”

“什么？我画的谁？”

“我。”

一片静默。

“艾琳，你能说得稍微详细些吗？”咨询师问。

吉尔皱起眉头，低头看着自己的手，他的手指不断弯曲扭动着。

“那，要是她什么也不想说，我就……”

“先等等。”咨询师说。

吉尔又低下了头，眼睛望向他的手。他的手指夹在大腿中间，紧紧交叉在一起。

“千纸鹤才是和平之鸟。”吉尔在沉思中呢喃自语。

“是鸽子。”艾琳不屑地嘘道。

咨询师则满脸严肃：“我们先听听艾琳的想法吧。”

“好。”艾琳说，“我才不管你的什么丹顶鹤、千纸鹤，但麻烦你别把弗洛里安往死里逼，也别再打孩子，少吓唬他们，反正他们也不是你的，那三个孩子全是我和三个不同的男人偷情生的。”

“请问……”吉尔盯着艾琳说道，“你说的是真的吗？”

“开个玩笑而已。”艾琳答道。

※

2007年12月4日
红色笔记本

弗洛里安完全继承了吉尔的皮肤，他们都是典型的爱尔兰人肤色，日晒之后不会晒黑，而会严重晒伤。他的头发是棕色的，有我母亲红发的影子；他的眼睛漆黑一片，看不出瞳孔和虹膜的边界。我总是说他的眼睛是我们祖先的馈赠，然而，真相根本不是这样。

弗洛里安的生父是位学者，一位世界知名的历史学家。他是个天才，就像弗洛里安。我和他是在一个学术研讨会上认识的，主题发言过后，我跟着他去了房间，虽说他看起来文弱，没想到他的“大器”冲锋起来毫不留情。

写到这里，艾琳扔下笔，大笑起来。还“‘大器’冲锋起来毫不留情”呢，真是好笑，还有，我何曾参加过什么学术研讨会，又怎么会认识什么举世闻名的人物？但是吉尔肯定会钻进这个圈套的，因为他被嫉妒蒙蔽了双眼，不过他活该！她继续虚构接下来一连数周的事情。

“大器”冲锋，毫不留情，对，那是种我从未曾想象过的滋味。我们那两天一直缱绻在房间里，他连分会场讨论都没去，其他与会人员都知道个中原因，人们对着他的空座椅指指点点，甚至还有人在上面放了一把钥匙。那宾馆真是不错，我偷偷拿了一对银质黄油钳留作纪念。弗洛里安的生父用过的东西，我只留下一对银质黄油钳，只有这点儿东西！

真是荒唐！

我们在婚姻咨询所做第一个疗程的时候，我几乎都要将真相脱口而出。还好，这件事太不可思议，我敢保证，吉尔以为我只是开了一个残酷的玩笑。

瑞尔的头发是棕色的，和我的一模一样。她的肤色多变，一年四季，有时是晶莹的乳白色，有时又是浓郁的古铜色。冬天时，她面色苍白如桃，而两颊上冻出一抹绯红，交映之下仿佛神话中的色彩。夏天一经太阳晒过，她的皮肤就成了均匀的金黄色，就像一轮太阳在她身体内闪耀，通体散发着金色的光辉。每年我都亲眼看着她的肤色变化。这也是她父亲的馈赠。吉尔和这个人很熟，甚至还把他当朋友，我在想吉尔能不能猜出他是谁。有一次他来纽约参加一场开幕式，我们在吉尔的工作室里偷欢，从楼上滚到楼下，又从楼下滚到楼上，就在我和吉尔的婚床上偷欢。我很好奇，吉尔有没有想过会发生这样的事情。我们完事之后，都开起了吉尔的玩笑，对此我感到一丝歉意——我知道，背后说人长短是不对的。

艾琳又停了笔，她想，我用婚床这样的词，吉尔会不会起疑心？其实这就是有意为之的暗示：我就是故意这么写，让他伤心的。这么写太蹩脚，一番思量之后，她又重新动笔。

斯通尼的肤色比我和吉尔的都要深。他的眼睛是绿色的，那种明亮剔透的碧绿色。我们家族史上从来没有谁长着一对碧绿的眼睛，但最近我们见过一些可爱的混血儿，他们的眼睛和斯通尼一模一样，虽然我们没有拍下照片。斯通尼出生时，我和吉尔之间已经出现了太多问题，因此，尽管他嘴上不说，但他有可能想过斯通尼不是他亲生的。我曾告诉吉尔，这个孩子是我们在巴黎的时候有的，这话不假，就是在巴黎，一点不早，一点不晚，但斯通尼和吉尔一点关系也没有。他是我去圣母院游玩时怀上的。总有一天斯通尼碧绿的眼睛会把他带回巴黎，他会走在似曾相识的街道上，也许会遇到一个同样有着碧绿眼睛的老人——他的生父。

这三个孩子身上，连吉尔的一个细胞都没有。

※

“你今天说的那些话很可怕，很伤人。我们得谈谈。”那日午后吉尔对艾琳说。

“我知道，”艾琳说道，“我这么说真是有病。”

“那，孩子们都是我的了？”吉尔接着问。

“唉，吉尔，真不知道我怎么会说出那种话，我当时是怎么了？”

她望向丈夫的时候，忽然忆起孩子们刚出生时，特别是斯通尼刚出生时，他脸上不能自已的温柔。她的眼中噙满了泪水。

也许，我该把日记本上那几页撕下来。她想。

吉尔的眼睛中燃烧着一团火，他的心脏像一只紧紧攥起的拳头，坚如铁石、暴躁而又苦痛的拳头。

然而他望着艾琳，眼神中却又泛起徒劳的需求感。他们正站在门廊下。她要出门去了。对，她当然是要出门，去游泳池里上下翻腾几个来回，游上一英里左右，就好像，她要一直游到海洋里。

他的语气温柔而又无情。“你不知道我有多爱你，但我都想从来未曾爱过你。因为很明显，你根本不需要。但我还是爱你，一直以来我最大的愿望，就是我们死去之后，骨灰混在一起，装进一个漂亮的花瓶里。比如说我们一起在威尼斯买的那个花瓶。虽说当时手头拮据，但我们还是凑够了钱。你还记得吗？就那个花瓶吧，或者找一件圣物，比如水牛角之类的。再或者，就把我们的骨灰撒到一个特别的地方，比如山顶上，就怀俄明州的那座山吧，我们一起徒步旅行去过那里，你还记得吗？再或者撒到北方的大湖里，这样我们的骨灰就能永远在一起，艾琳，永远，这就是我的愿望。”

艾琳转身出了门。不要，日记里那几页留着吧，原封不动留给他看。

※

瑞尔已经读完了那本书。快看到结尾的时候，她向前回溯，又向后翻阅，如此来来回回。她不想这本书就这样结束了。她默念着书中凯特林所收藏的画像的名字。《不休的行者》《刺客酋长》《旋雷》《泳士》《汤》《火》《鲟首》《荒野智者》《疮足》《蓝药》《无心》《疾风》《貂》《长指甲》《破瓮》《薄荷》《两行人》《黑水》……

然后她又读起天花在曼丹部落肆虐的那一章。一个毛皮贩子到他们村庄求宿，船上还带着一个病人，接下来的两个月里，几乎所有曼丹人都死了，被传染后几个小时内就病发身亡，剩下的也大半举枪自戕，或是从村外的危崖上纵身跃下。哀号响彻整个村庄，很多人全家病死，尸体在房子里慢慢腐烂。最后，她读到，伟大的勇士玛托托帕眼睁睁地看着妻儿一个个死在自己面前，只剩他孤身一人；他流着眼泪走过整个村子，然后躺在村外的山岭上，八日八夜水米未进；第九天，他匍匐着爬回自己的房舍，把长袍蒙在身上，静静地等待死亡降临。

瑞尔放下了书，把被子蒙在头上。她在黑暗中静静地躺着，直到她再也无法忍受脑海里错杂纷繁的念头。她从床上爬下来，去找母亲。找遍了整个房子，直到她走到父亲工作室的楼梯下，才听到了母亲与父亲谈话的声音。她走上了楼梯，走得愈近，母亲的声音也就愈清晰。她听得出母亲的语气很亲密，仿佛在开玩笑。于是她一声不响地走下楼梯。父母在一起笑呵呵的时候，或是相谈甚欢的时候，都很高兴的时候，她从不去扫他们的兴。

瑞尔回到了房间，把羊毛围巾罩在头上。她回想起玛托托帕对部落悲壮的孤忠，也得到了结论：要想办法挽救自己的家庭。书中的故事告诉她，一切都可能会发生，历史早已经证实了这一点——你以为不会发生的，后来都成了事实。

※

那晚艾琳在想，他们夫妻俩到底把婚姻咨询师惹得有多愤怒。回想起来，那一幕幕荒唐得简直可笑。她走向吉尔的工作室，站在门廊下，语气好似娇嗔的小妻子一般。“我真的不能当‘韩国’吗？”

吉尔哈哈大笑转向艾琳说道：

“你说三个孩子的亲生父亲是三个不同的男人的时候，你看到那医生的表情了吗？”

“你们俩根本没当真。”艾琳也模仿着医生的语气说道，“你们一直在这兜圈子。”

“我们没法再去她那了。”

“嗯，肯定不行了。我们是荒唐的客户，这回彻底搞砸了。”

“是啊，我们已经病入膏肓了。”

“嗯，无药可救。”

他们大笑起来，携手下楼到了厨房，他们一页页翻着烹饪书，直到最后，艾琳敲定了他们都爱吃的一样菜肴——墨西哥香菜大虾焗饭。吉尔出去采购食材，他们的财务并不宽裕，但吉尔还是买了三种价格不菲的好酒。那晚孩子们都入睡后，他们收拾出杯盏和冰槽，一起到了楼上的工作室。

吉尔想给艾琳看那幅肖像，现在已经比原来好多了。那次失败的婚姻咨询后，他对肖像做了全面调整。“现在这真是一幅艺术大作了呢！”他能听得出来她语气里的讽刺意味，所以，他又有些不想上楼了。而他走进了工作室，坐在那把上了年头的平绒手扶椅上，他便温柔了许多，陷入沉思之中。他把那幅画拿到她眼前。从她眼神里，他看得出来，她被氤氲于肖像中的穿肠蚀骨的思念还有其他的东西深深触动了。

“简直是大师级别的。”过了许久，她才开了口，“这算是你最好的作品之一了。”

他被突如其来的欢乐和幸福淹没，他把她的杯子中斟满了美酒，甘甜清冽，散发着玫瑰金色。他看着她一饮而尽。她泛起一抹微笑，又是一杯入喉，躺在他的身边，听着他情话脉脉。吉尔放松了下来，他卸下了心里所有的不快，任由真性情流露，或滑稽，或真诚，同时又刻意保持着些许距离，在一旁品味着她的一颦一笑。她说话的语气又回到了从前的方式，含着笑和他打情骂俏。

最后，她脱掉了衣服，躺下来啜着杯中的酒。她想听他们初识时，他播放的音乐磁带。他都留着呢——世界音乐、原住民乐曲、沙漠音乐、舞鹿音乐、维乔音乐，还有斯柯丽宾雅、舒伯特、巴赫的舞曲。他喜欢朱迪·加伦和困窘乐队。他们有些歌听着太闹了，艾琳说。这是她的一贯评价。此时，她已有些醉意了。

艾琳躺在椅子上，双腿弯曲，斜向一旁，身子几乎就要侧过来。就这样，她滑入了梦乡。她手中的空酒杯已经攥不紧了，倚在葱绿的毯子上摇摇晃晃。吉尔调了调灯光，又开始继续作画。半晌之后他搁下了画笔，走过去轻轻分开她的双腿。睡梦中的她立起了大腿，发出一声含糊的叹息，接着便无力地分开了。吉尔退后一步，还把灯光聚到她两腿之间，她的脸被一层阴影笼罩。

他继续作画，直到窗外的黢黑已稀释为靛青色。他在画板上调出自己最喜欢的颜色。窗外晨曦初临，天色已变为灰白，他收拾起画笔，一支支仔细清洗干净，然后把画板搬下画架，移到角落，上面蒙上罩子。他看了看艾琳，从冰箱里拿出一罐番茄汁一饮而尽。他喝完后，又准备了一瓶橙汁，四片阿司匹林和一杯水，静静地放在艾琳床头。末了，他抽出一条柔软的棉毯，盖在她身上。虽然是在梦中，艾琳仍然变换着神色，时而舔舔嘴唇，时而眉头紧皱。吉尔听到楼下孩子们的响动，便轻轻走出工作室，下楼为孩子们准备早餐。

※

寒潮初临，气温暴跌50余华氏度，严寒让人无精打采，又让人心潮澎湃。艾琳说车子的引擎要经历过酷寒考验才行，所以得出去开开。于是吉尔为她预约了更换蓄电池的业务。虽说实时温度已经低至零下34华氏度，但学校并没有停课。艾琳先去了银行，在小办公室中填了表格，又去学校接孩子回家。开车出门时，比预计的还早了一小时。

她穿着白色羽绒大衣，戴着加衬羊毛露指手套，踏一双加绒羊皮靴子，又用围巾将头脸紧紧裹住。大街上空无一人，汽车尾气的雾霭弥漫。她走进银行大厅，经过硬币兑换机，绕了一圈走到后台。银行没有一个客户，几个出纳员低声谈笑着。楼梯设在一面圆形纪念墙旁，柜台和服务员都在楼下。詹妮丝喊了她的名字，接过她的钥匙，然后走到柜台后的密室中核对钥匙。

“保暖做得怎么样？”她打开保险柜时问道。人们都这么相互寒暄。

“尽力而为吧。”艾琳答道。人们也都是这么回答的。

※

2007年12月5日
蓝色笔记本

外面很冷，但我就是想要严寒刺骨的痛感，因为我的心很痛。昨晚喝了太多酒。我的脸冻得像贴在鱼骨头上的烂肉。也许，我要是能让吉尔相信他不是孩子的父亲，他就会高抬贵手放我们走，放我们走出这栋房子。

※

电视室里有两个沙发，一个偏前，一个靠后。吉尔在看电视，而弗洛里安在看着父亲。父母告诉他今晚是全家团聚的日子，他不能再宅在房间里玩电脑，所以他和瑞尔一起依偎在后侧的沙发上。但他们俩没有看电视，而是看着身前父亲的背影。吉尔吃着爆米花、抿着小酒、不时哈哈大笑，他时不时扭过来问坐在身边的斯通尼："你妈妈去哪儿了？"

电视里马上就要播一部电影，他不想让艾琳错过片头。沙发上艾琳的位置空荡荡的，前面摆着一瓶褐色的酒和一个空酒杯，杯子上凝了一层混沌的雾气，静静等着艾琳归来。

他们听到艾琳的车停在了房子外面，紧接着大门砰的一声摔上。吉尔让斯通尼跑去找母亲，告诉她我们在这里。

斯通尼看来很愿意跑腿，像箭一样冲了出去。吉尔的目光仍然锁在电视屏幕上，看上去满怀期待，自言自语道："电影马上开始了。"弗洛里安和瑞尔抱着手臂坐在后排的沙发上，弗洛里安没有看电视屏幕，而是盯着父亲。瑞尔的眼睛盯着弗洛里安，碰了碰他的胳膊，提醒他母亲走进屋了。艾琳的双颊冻得通红。

“快看，”弗洛里安说道，“别吵，她快要走进施瓦氏半径了。”

前些天弗洛里安跟瑞尔讲过这个天文学术语，所以她知道，施瓦氏半径是一个想象的界限，在这个临界点物质反射的光线面对黑洞的巨大引力，能量会愈来愈弱。

艾琳的脸色变得紧张起来，她试图离开房间，可旋即又变得无助而强作欢颜，因为她意识到，除了坐在丈夫旁边她别无选择。他为她倒了一杯酒，她举杯饮尽，把皮肤上通红的能量泄进杯中的酒里。

“她已经跌进施瓦氏半径了。”弗洛里安对瑞尔窃窃私语。

瑞尔还记得弗洛里安和她讲施瓦氏半径时所说的话。这是一个没有退路的点，在该距离之内就意味着永远靠近，任何物体，哪怕是影子，也绝无逃逸的可能。

※

只有芭比户外装备可不够。因此，瑞尔缠着弗洛里安让他从高中图书馆里给她带一本生存指南回来，最后她拿到了。一本红色的书，封面上赫然几个大字：灾前准备。“你可记清楚咯。”弗洛里安边说边把书扔给瑞尔。她曾告诉他，她的“逃离计划”也要把他捎上，虽然她明知道，这无疑让情况更加复杂。整个计划意味着从头开始。现在看了专业书籍上的指导，她意识到自己的计划事实上不堪一击，估计不出一个月，她就要濒临饿死，还会面临可怕的抉择：到底是吃掉自己的狗继续苟延残喘，还是饿死让狗吃自己的尸体。到时候不管是人是狗都会退化到茹毛饮血的蛮荒时期，所谓物种感情这类常规禁忌也会跟着土崩瓦解。从前，面临饥荒时曼丹人曾屠狗食肉，但瑞尔知道自己做不到。她清楚，自己宁愿变成狗的腹中餐，那样的话，她就得以虔诚地把肉身还归荒原。当然，最好根本不要面临这样的抉择。

她曾读过脏弹爆炸的场景，那时置身室外就意味着死亡，只有佩戴防毒面具才能存活，那她和城市里所有人一样都大难临头了。要是核辐射经久不散，她修正过的计划是全家人都躲进地下室，当然几只狗也不能落下，然后把出口用管道胶带封得严严实实，这样地下室就像一个临时防空洞。她会把一切尽力做到最好。瑞尔知道，每次点他们最爱吃的中餐外卖，妈妈都把盛酱汁的塑料盒攒起来，和几卷厕纸一同偷偷放在地下室的壁橱里，她至少攒了一年。那些都能派得上用场。她还需要湿抹布、水和食物。水很好办——瑞尔从垃圾箱里捡了很多牛奶罐，都能装几加仑的水。她把这些罐子盛满水搬到地下室里，用毯子仔细盖好。她做了长远打算，要让全家人都存活下来，不知道到底要存多少水才足够。至于食物，她像只松鼠一样偷偷贮藏，一袋一袋地囤积干果和麦片——按照指南，这些都是高卡路里的食物。她把物资全都带到地下室，储存在装百吉饼的大塑料箱里。她暗暗告诉自己，每天都要做一件小事，为了家人在末日到来之际仍能安然无恙。

看着地下室一天天变成了救命的避难所，瑞尔本以为她会更有安全感，可没想到事实恰恰相反。她梦到洪水滔天，梦到楼宇般的坦克呼啸而来，梦到火焰如暴雨般从黑色直升机上倾盆而下，最糟糕的是，她还梦到了狂犬病，梦里世上所有的狗都疯了，疯狂地把同类撕成碎片。她终于惊醒，发觉脸上眼泪纵横，几乎无法呼吸。梦里每一只疯狗耳朵上都有个印记。瑞尔径直走到自家的狗前，一只只检查着它们的耳朵，待到确定它们没有标记，她把脸埋进它们冬季干燥厚实的皮毛里。它们的呼吸炙热而腥臭，流淌过她的全身，安抚着她受惊的心。她想，她确实该锻炼自己的“强大内心”，就如那本书中描述的那般。她强鼓起勇气，默默告诉自己。

※

艾琳走进路易丝的工作室，坐在她紫色天鹅绒的沙发上。沙发已经用了很久了，有些地方的皮料油光可鉴，散发着路易丝从斗狗场上救下来的花毛灵缇犬的味道，那是一种咸湿亲密的味道。工作室的天花板是十七世纪风格，上面绘着一片蓝天，周围环绕着一圈肥嘟嘟的小天使，手中擎着一簇簇金色的花环，一脸被宠坏的模样。画室里悬着数十张明亮的画布，有些已经完成了，有些还是半成品。那只灵缇犬优雅地蜷在路易丝脚旁。艾琳只是开车路过，她悄悄地走进工作室。

她一言不发，只是静静看着路易丝。

“你没有接我的电话。”路易丝说道。

艾琳戴着一条薄纱围巾，那是路易丝送她的生日礼物。

“你看，”路易丝说道，“那天我画完斯通尼的天花板之后接到了他的电话，他和我说了派对的事。那是他计划的一部分，是他的‘心之渴望’，这是他说的。他想让我确定派对准备就绪之前你还没有到家，但是出了一些岔子，于是他让我跟着你，看你一整天都去了哪些地方。”

艾琳的脸在发烧。

“对不起。我本以为他会让别人去跟着你。我之所以答应了，因为别管你做了什么——我不是说你真干了什么——我的意思是……谁知道呢，不管这个。我不会告诉他的。我是你姐姐。”

艾琳凝视着路易丝的脸庞。

“你告诉他我是你妹妹了吗？”

“没有。”

艾琳的脸色缓和了。她深深吸了一口气。

“我决定离开他。”

路易丝低头看去。狗把它敏锐的口鼻探进了她的手掌。

“但我不知道怎么才能逃脱。”

“你得找个律师才行。”

艾琳点了点头，忽然有呕吐的感觉。她突然向一侧滑去，瘫倒在地上，脑袋伏在膝盖上。

路易丝坐了下来，伸出手臂环住她的身体。

“想喝点水吗？还是喝茶？”

“我想来点儿红酒。”

“现在可是一大早。”

路易丝把艾琳抱得更紧了。狗围着沙发上的两个女人来回踱步，随后停住，依偎在路易丝身旁。艾琳抚摸着狗的眉额。而一杯红彤彤、辣辛辛、暖烘烘的酒，却还在脑海里飘香，萦绕不散。

“等会儿再喝吧。”艾琳想。她站了起来。

“如果发生了什么意外，你能帮我照顾孩子吗？”

“胡说什么呢！每一分钟都有人离婚。”

“路易丝？”

“好。你也告诉律师。”

艾琳点了点头。她说不出口，但她知道，她正在毁灭整个世界。要遵守教化，人人都知道，这是保持家庭成员相安无事的模式。所有的礼节，不管好坏对错，都不重要，都没有任何作用。所有的策略同样如此。他们清楚那些熟悉的背叛，但现在他们面临新的危险。

“不错，随时都有人离婚。”她对路易丝说道，“但不知道该怎么做，甚至如何下手都不知道。”

“记得和律师讲，知道了吗？”

“噢，好的。”

“还有一件事，艾琳，你得戒酒了。”

“我会考虑的。”她认真地说。

※

一连三晚，艾琳都可以保持清醒。每当她又想喝酒，她就倒上一杯水。“我这辈子从没有过这么多小便。”她对着浴室镜子中自己的影子自言自语，“我甚至都不知道这样有没有可能戒酒。”她下了楼，又给自己倒了杯水，等着瞧吉尔看罢日记之后做何反应。但每天晚上，他都睡在大壁炉旁的沙发上，电视里一如既往地播放新闻节目。他看上去快睡着的时候，她就带着裹得严严实实的孩子们和狗外出在严寒中散步。回来的时候，孩子们隔着窗子看着自己的父亲。他们的眼神温柔深情，就像看着动物园中的野兽，睡梦之中憨态可掬的猛兽，它的皮毛让人忍不住想伸手抚摸，但如果真的触碰了，他们也许就葬身兽腹。

外面冷得让人受不了时，他们就回到屋里，蹑手蹑脚地从他身旁经过。他们全都睡在楼上的厚地毯上，蜷缩在一起，依偎在母亲身旁。

※

乔治·凯特林的作品并没有受到美国人的好评，所以他打算在伦敦办展览、开讲座，并把全部藏品都打包送上了驶向伦敦的客轮。挥别家人时他固然依依不舍，但他带了一份古怪的礼物。两只灰熊也被关进笼子里，和展品一起上了船。乔治抓到这两只熊时它们还很小，用他自己的话说就是“还没我的脚大”，但当初的熊崽子已经完全长大了。他打算把两只熊也作为展品展出。

灰熊无疑是地球上最强大的物种之一，正常情况下，它们在野外的活动范围往往覆盖方圆数百英里，但航行期间，它们被禁锢在甲板上不足一间卧室大的铁笼子里。就算两只熊上船之前神志都很清醒，一路航行也足以把它们完全逼疯。轮船曾遇到一次风暴，两只野兽受尽折磨，惊慌恐惧，它们几乎要把船撕成碎片。它们在笼子里左冲右突，撕咬着笼子的铁栅栏直到牙齿折断。数日天晴后，其中一只熊一掌扫掉了一名水手的鼻子。到了伦敦之后两只灰熊的境遇更加糟糕，来看展览的游客从早到晚包围着它们，向它们身上扔石头，只为看熊呻吟或怒吼的样子。它们的苦痛在凯特林的笔下则被消遣甚至嘲讽一番，他写道，两只熊欠他“四载呵护养育之恩”，跟着他漂洋过海，沿途观光，竟连张船票钱也没给。最后，兴许是良心发现，他不忘记写下“看客如潮，往来不绝，二熊殊厌之，乃病瘠枯槁，日甚一日，一熊终厌恶而死……另一熊丧其偶伴，茕独无依，竟致绝望，其数月后，亦同症而终”。

艾琳把读过此事的感想写在笔记卡片上。两只熊之所以死去，是因为它们厌恶被不停凝视。艾琳想得越多，两只熊的死亡也就越能说得通。这很合理。看来人们都忘记了，一直被凝视有多么可怕。

她想象着她放弃了自己的形象，一直被凝视，这无异于因厌恶而自杀。她在笔记卡片上写下这句话，但旋即又撕了下来。三天已经够长了，我已经证明了自己能戒酒，她写道。

但当她真的给自己斟了一杯酒，看着那梦寐以求的液体，证明自己的念头就立刻消散了。艾琳感到一股暖意涌上心头，说不出的舒坦轻松，她拿着酒杯和一块三明治下楼来到自己的书桌旁。此时是下午，正是适合小酌的时候。抿着酒她就能写作，对她来说边喝酒边写作再正常不过。她今天谁也不用去接。一股轻盈的幸福感流入她的身体，让她几乎涌出泪来。她把被子挂在白粉墙上，被子的颜色和图样让她镇定下来。她有一条星星印花棉布被，一条田纳西莎伦玫瑰被，一条百纳被，还有一条熊掌图案的旧被子。她眼含深情地看着每一条被子。她喜欢她的办公室，就像一只野兽眷恋它的巢穴。她轻轻地咬了一口三明治。

洗碗机完成了运转，水在管道里咕噜作响。楼上的狗跑到窗前检查路过的行人，它们的爪子在木地板上嗒嗒作响。狗一一检阅着进入他们领地的人们，要么吠叫着警告入侵者，要么判断来者并无危险。房子周围环绕着橡树，有时，原本沉闷静默的风会在它们的根系中回响。她能听到房子地基的大理石板旁，风的能量在尘壤的间隙左突右撞。在酒兴笼罩的迷醉中，她骤然察觉到了它们盲目的能量。她感觉到它们正在偷偷侵入她的身体。它们一直都在秘密地寻找她。她打开了日记本，继续写下去。

※

2007年12月10日
红色日记本

爱情离不开两个对等的人。吉尔是个艺术家，而我对艺术情有独钟；他娓娓道来，我静静倾听。那时我设法弄到了邀请函，去了吉尔画展的开幕式，那可真是大场面！我说了谎，告诉他我是个模特；而他也没说实话，告诉我他想雇一名模特。我扫了一眼他的画作，清一色的风景画，便看着他轻轻一笑。吉尔说他会付报酬，而那时我正需要钱。

于是我坐在仓库改造的工作室里当他的模特。一开始我很害羞，但他的眼神落在我身上时，那种专注的神情看上去既坐怀不乱，又充满情欲。有时他也会靠得很近，用眼神扫过我的头发、我的肌肤、我的乳头，但他从不唐突触碰。他作画时，我们会播放音乐。他喜欢锡塔尔[①]音乐，我们称为“点－印度”

① 印度最具代表性的古典乐器，又称西塔琴，形似琵琶，以指弹弦奏鸣。

音乐。我们也都喜欢自己本民族的“羽毛印第安”[①]音乐，比如北方克里、卡洛斯·纳凯和黑帐篷等乐队的作品。

我继续当他的模特，从他那儿拿报酬，所以才能继续在大学读书，梦想着将来当一名历史学家。我之所以想成为历史学家，因为我注意到模式的异同。对等对于我而言真的太重要了，结果我发现吉尔同样也需要对等。我们俩由相似性，或者说至少一种相似性锁在一起。相处久了，我们之间的对等之处愈来愈多：我们都由母亲独力抚养，都不清楚父亲是何许人也，都是混血儿，都是原住民，甚至我们都有克里族和齐佩瓦的血统。我们都想要孩子，都好辩，都爱书，都嗜酒。第一次做爱时，我们俩都喝得酩酊大醉。第一次清醒着做爱，那种化学反应如此奇妙，如此感动，如此亲密，我们都坠入了爱河。我们对亲密意识都有一种禁忌，它让我们俩都感到恐惧。

对等的观念早已深入我的内心，以致很多年来，我都没有发觉最初的模式已经扭曲了。为了拯救我们的关系，我决定做很多对等的事情，那些我们刚开始恋爱时做过的事情。

我计划重温一遍当年的经历，野餐，生育，如此等等。为了挽回旧情，人们总是重温故梦。所以我们又去了巴黎。于是一只扭曲而又灵活的手指一路穿越了大西洋。

那家酒店门厅的黑色房梁裸露在外面，紧紧地嵌在天花板

① 在英语中，“印度的”与“印第安的”都是indian。文中，吉尔和艾琳为了将印度与印第安音乐形式进行区分，将前者称为“点－印度”，后者称为“羽毛印第安”。

中间。从门厅就能看到一个石砌地窖的入口，这地窖以前属于一座修道院。这座酒店被宣传得很豪华，但我们的房间在昏沉幽暗的角落，四壁贴了壁纸，但抬头就能看到屋顶布满虫洞的黑色房梁，格外显眼，似乎每天早晨都又下沉了许多。

那是2000年，弗洛里安六岁，瑞尔刚四岁。我想再要一个孩子，那正是不知道自己正失去宠爱的人傻傻梦想的事。有时，这方法能拯救一段感情，他们甚至从未察觉感情已处于危机之中。我当时想好好经营爱情，于是才有了这个糊涂的想法：我会爱上他的孩子，那就等于我会再重新开始爱他。然而吉尔不想再多要一个孩子和他争宠，他还怀疑我没有采取避孕措施，开始远离我，不再碰我了。那可是在巴黎啊！我还曾幻想这座城市能解决一切问题。人们对巴黎总是有很多期待。

凯特林在巴黎失去了他的妻子和孩子。很多印第安人都埋葬在巴黎。巴黎并不能满足每一个人的期望。

一天午后，吉尔的经纪人邀我一同小酌，我回绝了。我厌倦了不停观光景点，只想抱怨、倾诉。我想要祈求伟大的圣母让我的丈夫勃起吧。圣母院毕竟是建在一座古代朱庇特神庙的遗址上的，一两千年来，不断有女人来这个地方和我祈求同样的事。虽然时过境迁，但改变的只有拜神用的蜡烛和神祇的阳具，女人的心则亘古如斯。

圣母院里一如既往地人潮拥挤。我把硬币投进黄铜匣子里，在还愿蜡烛的火炬上引燃了我的许愿蜡烛，然后坐在圣母像脚下的椅子上。这尊雕像是复制品，原先的那尊在大革命期间毁于战火。这位处子圣母的塑像毫无生气，但我还是对着这座神庙祈祷，似乎这建筑从地下喷涌出无尽的能量。我从圣路易岛一路走到圣母院来，看着这圣庙的侧影，时而可爱，时而诡异，透着一种奇异的性感。它忽而门庭洞开，忽而雄姿高耸，恰似一对交配的外星生物。

我画了十字，转身离开。正出门时，我经过一人身旁。他看上去比我年长一些，胡子拉碴，面有醉酒之色，正跪倒在大教堂后，似乎正含泪而泣。旋即他站起身来，和我一起走出了圣母院，又原路折返向后面的岛上走去——这里曾是一片古老的牧场，如今是世界上最昂贵的一处房产。他走进了一家叫岛上花的咖啡店，咖啡店就坐落在断桥旁，在阳光下闪着柔金色的光辉。

我也走进了咖啡店，挑了个靠窗的位子坐下，一个活泼的服务生为我点了单。那个和我一同从圣母院出来的男人坐得仅一桌之遥。服务生很快端来了我的咖啡，里面加了热腾腾、浮着泡沫的牛奶，分量掌控得刚刚好。服务生像士兵般冲着那个男人挥舞着手臂，那人正用惊异的眼神盯着我看。我向他望去时，他指了指对面的空椅子，那把椅子正卡在我的小桌子下。服务生在我俩中间停下，晃了晃那把椅子，向我使着眼色，仿佛在问：需不需要我挪开椅子，打消他的心思？我看着对面那个男人，不置可否。服务生耸了耸肩，把手从椅子上拿开。那个男人用低沉沙哑的嗓音叫点单，服务生点了点头，然后举步离开。圣母院遇到的男人走过来，坐到我对面。

※

这样可不好，艾琳思忖道。她放下了笔和日记本。酒已经快喝完了。我有些过于享受塑造这个男人的过程了，把他打造成了一个浪漫的厌世主义者，而忘记了他眼角风尘仆仆而又不失性感的皱纹了。下一则日记里我得把这些写进去。

她把红色日记本藏回原处，然后上了楼。今晚轮到她做饭，于是她用扁豆、奶油、大蒜和肉豆蔻籽熬了一锅汤，烤好了面包，又用长叶莴苣、碎面包块、蔓越莓和山羊乳干酪调制了沙拉。她不停喝酒，什么事也影响不到她。每个人都安静地吃饭，夜晚匆匆过去，和任何普通家庭并无两样。孩子们洗完碗碟，做过功课，然后上床睡觉，顺利得简直像赌马三连胜，只有吉尔被新闻里的政治戏剧勾走了魂儿。

艾琳还是忍不住想着那个虚构的在巴黎咖啡馆邂逅的男人，一句句话语、一个个字词、一幕幕场景涌进她的脑海，让她欲罢不能。她没有像往常一样拿本书酝酿睡意，而是悄悄走下楼，继续写日记。

※

那个男人站起身，蹒跚地向我走来。他是个不起眼的男人，但一看到他的眼睛，我对他的一切都提起了兴趣，估计所有女人都会这样吧。我觉得，这样一双眼睛简直是男人的诅咒。女人很难对这样的凝视置之不理。拥有这双眼睛，刚开始时固然美妙，好似坐拥无上财富，但倘若不懂如何控制内心最邪恶的冲动，你的人生定然没有什么好下场，要么饕餮而死，要么吸毒而终，再或者纵欲而亡。事情看起来很简单，但实际上绝非如此。我想，那个男人对此似乎也隐隐有所察觉。他没有喝醉，或者至少酒已经醒了。虽然他步态看上去笨拙而蹒跚，但仍然神志清醒，举止得体。他坐下来后，看起来只是对我感兴趣。他用英语和我交谈，问我是不是美国人。他问我喜不喜欢巴黎，又问我为什么去圣母院。我如实相告，说我来祈祷能再有个孩子，接着问他来这里有何请求。他还未作答，服务生就端来了咖啡，他搅了搅杯底的糖，啜了一小口。我本以为他会撒个谎或是说些荒诞不经的事迹，但他告诉我自青少年时起，他就不再相信上帝了，直到现在一直没改变立场。一个月之前，他的哥哥出车祸死了，自此之后，他就失去了睡眠。他说，即使勉强入睡，生前做神父的哥哥也会把他逐出梦乡。梦到哥哥很让人忧心，因为哥哥去世前并没有向上帝忏悔自己的罪过。现在，哥哥死了，他想要忏悔原罪，每天夜里，哥哥都在他的耳畔呢喃着自己作为神父犯下的罪过。

那人抬起了手，仿佛知道我陷入了思考。他继续诉说自己的故事。

我急忙插嘴，这些什么原罪真是很无聊，都是一丁点儿的过错，计较起来愚蠢至极，这种事情我这种人根本不会理会的。我的哥哥总是很感性，但这些罪过，唉！

他冲我一笑，手揉搓着他的脸。

“我想告诉他，哥哥！如果你真的有罪，为什么没有犯下罪行呢？为什么你连值得忏悔的罪行都没有呢？现在你的来生都被这些琐事消磨，我希望你能忏悔一些真正有激情的事，这样即使你死不瞑目也算值得了！”

但是，那人耸了耸肩：“我哥哥终究会面临山穷水尽的境地，总有一天我会找回睡眠。因此，我来这里祈祷——虽然我不信上帝，但我还是迷信神灵的——我祈祷哥哥的罪孽能被豁免，如此一来我也得以安生了。”

“你的愿望还真是非同一般。”我说道。

“你的愿望就没那么不正常了。”他温和地说道。

我告诉他，我祷告时自己也意识到这一点了。我问他有孩子吗。

“有一个女儿。但是她妈妈和我……”他做了个折断树枝的手势，“……我们彼此的感情仍然在，还有女儿，她给我们带来不少乐趣。你有……”他没有继续说下去。

“我结婚了。丈夫和朋友外出了。”我伸手向河边指了指。我的喉咙有点疼。

“我得走了。”

“我能和你一起吗？我住在那个方向。”

我从钱包里掏出钞票，但他伸手阻止了我，拿出自己的钱放在桌子上。

“你很美。”他看着我说道，眼神里满是真诚。

我们离得很近，近得我能嗅到他身上的味道，那味道里有种幽暗的野兽底色。

只有一间工作室，窗户狭长，室内只有一张破旧的桌子，还有一个小厨房，厨房顶铺着蓝白相间的瓦。床边的台灯泛着玫瑰色的幽影。这里有女人的气息，但没有女人的痕迹。屋里摆着硕大的音响和高高的一摞 CD，地毯上和皮沙发上散落的 CD 更多。他把 CD 都摞在一起，腾出地方让我们能躺在一起，刚摞起来就又轰隆一声倒在地板上，他哈哈地笑起来。房间一侧的墙边有几台电脑，旁边的椅子上胡乱堆着一些海报和电脑软件盘。他大概是个乐评人吧，或者只是个爱好音乐的人。他袒露着身体坐在椅子上，地板十分光滑，椅子也随着我们的翻云覆雨而不住滑动，直到卡在水槽下我们才另寻他处。壁柜的门旁，沙发上。房间里还有好多书，都是艺术类的，其中一本是勃纳尔作品的复制品。第二天在蓬皮杜中心看到勃纳尔的画作，我想，当时我应该掉泪了。还有一个老式的大浴缸，很深。完事之后他抱了我很久，估计有一个小时，而我在努力记住房间里每一个小小的细节——窗帘上的蓝色鸟群和绿叶静默的影子，垫在桌角下的杂志，毯子的柔软毛线，把交通信号灯反射回马路上的镜子。我知道，总有一天我会把这一切都写下来。之后我们起身穿好衣服。我径直离开了房子，没有要他的电话号码，也没有吻他。有时，我看着斯通尼时，多希望当时我能吻他啊，多希望我能向他说声谢谢。

回酒店的计程车上，我忽而战栗，忽而恍惚，最后终于平复。我就像一个打碎物品的婴孩，看着满地的残骸而感到欣慰。这件事无关对等，也无关爱情。我脑子里有一个缥缈的声音嗡嗡作响，若即若离。最后，我回到了酒店。虽然我留下了便条，但他还是很担心。窗外暮色四合。

我只是简单地告诉他，我去圣母院燃灯许愿，祈祷能再怀一个孩子。说这些时，我不能自已地微笑，我看得出，吉尔也被这个浪漫的故事打动了。我也看得出来，看到自己的女人如此直白地坦露需求，他也很是惭愧。他像哥们儿一样把手搭在我的肩上，然后俯下身，手愈来愈紧，身体离我也愈来愈近。他吻着我，把我抱到了床上。看着他有如此性致，我忽然间有些迷茫。我什么也没做，也许只是求神祈主这一套起了作用吧，我几乎要笑出声来。呵呵，圣母的功德。过了一会儿，我意识到他是对那个碧眼男人的气息有了反应，刚刚做爱的气息引燃了他的荷尔蒙。正是这件事让我对吉尔的爱意瞬间泯灭，时间是斯通尼被孕育的那一天——不是出生，而是怀孕那天。我推开了吉尔——这是爱情终结的开端。从那天起，只要吉尔一碰我，一种强烈的孤独感就笼罩我的全身。

※

艾琳放下了日记。她的肩膀和大腿都酸痛不已。眼皮下沉，睡意袭来，她感到头皮一阵发紧刺痛，像是顶不断收缩的帽子。她把日记藏回原处。快要到楼上时，她才想起刚才写日记时，她还在犹豫要不要把这几页撕掉。但为什么要撕掉呢？她扶着樱桃木栏杆的光滑曲面，睡意沉沉地一步步走上楼。吉尔内心希望我和其他男人有染，即使他自己也没有察觉到，但这是事实，这也就是他为什么总是把我画得丰乳肥臀的原因，他要用我的肖像挑逗观众——你们所渴求的，正是我已经拥有的——以此来宣示自己的优越感。这确实是男人的正常心理。但这样就彻底打破了我这一侧的平衡。卧室像天鹅绒一般黢黑，一段回忆忽然涌入脑海。她曾在明尼阿波利斯的一个小型先锋剧院里看过一段取自《罗生门》的戏剧：一面镜子平躺在地，一个男人趴在镜子上，疯狂地肏自己的倒影。受害者就在镜影中死死地盯着自己。

※

当然，我不是那个受害者。我只是被动接受着一切，徒劳地挣扎。但他扑倒在那块镜子上，每日每夜和自己的影子交媾——他从一个女人身上撷取了这片所有男人都羡慕的影子。我本不该成为这个女人的，第二天艾琳写道，病态可悲，浑浑噩噩，我对自己很失望。

※

吉尔高高地站在牢固、优雅的房子里，看着窗外的橡木树尖。他不想下楼，不想看妻子的日记，更不想像疯子一样乞求她的怜爱。他只想继续画艾琳的肖像，随着她带给他的惊异愈多，肖像也就愈完备。之前的每次争执都以各自退让而终了，这次也会一样的。但有时，他又想去翻翻日记，看看她所说的自己不是孩子的亲生父亲的话是不是真的。这话太过分！太荒唐！太恶毒！但是一想到她用这种方式堵上了咨询师的嘴，他心里又忍不住一阵窃喜。

艾琳的呼唤从楼梯底下传来。看样子，聚会的事她改了主意。他们决定晚上一起去，所以必须得换衣服。他回答道，马上就下来，等到听见浴室放水的声音，他才下楼。她洗起澡来总是拖拖拉拉，让他等得不胜其烦。在她沐浴的时候，他下楼取出艾琳藏起的日记。刚一看前几行，一阵绝望的心悸就猝然涌起。前两个男人的事他一扫而过，随着那个在咖啡厅邂逅的男人出现，叙事节奏慢了下来，他也随着她的节奏继续读下去。他看到了他们俩缠绵的画面，看到了一切的画面。看完了所有内容，他狠狠地掐自己的脸，直到皮破血流。他扔下日记，转身上楼，走到半途蓦地瘫倒下去，他抓住扶手，哽住的喉咙仿佛呼吸起来格外艰难，但胸腔的气流不住涌进涌出，仿佛巨大无形的拳头在狠狠地捶打他的胸腔。

“怎么了？”艾琳站在楼梯上问道，“你还好吗？”

“很好，”吉尔说道，“让我坐一会儿，缓口气吧。”

艾琳转身回到了浴室，对着镜子开始化妆。她取出“拿铁之爱”牌的粉底，均匀地涂在眼睛下泛紫的区域，给眼睑上了眼影，用眼线笔顺着睫毛描出眼线，又拿睫毛膏扫了扫睫毛和眉毛，接着涂了紫红色的唇膏，拿克里内克斯的纸巾拭了拭。最后，她从一排香水瓶中选了吉尔送她的一款，那种香味不是花香，而是略带苦味，像是某种异域山坡林下的气息。

“你好了吗？”她问道。他现在在楼下的浴室里。

“还没。”

十分钟后，她敲开了浴室的门。

“我们要迟了。”

“我刮胡子的时候伤到脸了。”吉尔说道。

她去给斯通尼读睡前故事，最后，吉尔终于准备好了。

他们下楼的时候，吉尔挽住她的外套。保姆正在陪瑞尔玩名为《疯狂八点》的纸牌游戏，看到他们俩下楼，她就上楼去给斯通尼读故事听。艾琳扫了眼吉尔，他形容委顿，灰心木立，那神情盘旋在她脑海里，如怨如慕，如泣如诉。她开心地对他说道：

“派对上我要和最帅的男人跳舞。”

瑞尔本以为说这话的应该是父亲才对。她用怪异的眼光瞅了母亲一眼，转身上了楼。吉尔跟在艾琳身后，为她展开着外套。他清楚，自己现在看起来就像脏腑受了重击在垂死挣扎，像患了流感连续呕吐数日的惨状。他像一个孤苦无依的傻子，像个失魂落魄的白痴，像个丈夫。

※

门哐的一声摔上，孩子的父母出了门。保姆和斯通尼一起蜷在床上，一遍又一遍地给他读《爷爷的黄昏》。

“爷爷到底把珍珠给了大海多少次？”瑞尔问道。

弗洛里安和瑞尔在 Xbox 游戏机上玩《光晕 3》。这台游戏机是弗洛里安瞒着父母从一个有钱的同学那儿弄来的，机壳本来摔坏了，他根本不会修理象征死亡的红色光圈，所以给了弗洛里安。

“老爷爷会不停地把珍珠给大海的，”弗洛里安说道，“或者干脆等粲夸克睡着了再说。”他把游戏里的激光枪准星对准了瑞尔的斯巴达堡垒，一枪轰平。“现在我全面击败你了，”他说道，“我们撤。”

弗洛里安带着瑞尔下楼去了厨房，走到吉尔平时藏酒的低壁橱前，打开柜门，扇形的柜板上整齐排列着酒瓶。弗洛里安拿出一瓶酒。

“罗纳海岸。管他呢，就这瓶吧。”

“他们会发现吗？”瑞尔问。

弗洛里安抬起头看了她一眼。他个头才刚到她的眉梢。然后，他从抽屉里拿出一只开瓶器。

“我们到屋顶上去吧。”

他们拿上外套、帽子、手套和毛毯，沿着走廊轻轻地走着。屋里传来保姆低沉悦耳的声音。她是个十八岁的姑娘，晚上她会先整理家务，然后到楼下用笔记本写一篇课程论文。弗洛里安和瑞尔溜到吉尔的工作室，来到上屋顶的梯子前。可天窗很难推开，弗洛里安把酒瓶别到自己的裤腰上，顶开了天窗。他们钻到了屋顶，穿过铺着沥青的屋顶，走到砖砌烟囱的高垒边，铺好毯子。夜间凛寒刺骨，风如刀割。弗洛里安打开酒瓶，两个人都仰起脖子喝了一大口。他又打着火机，点了一根烟，瑞尔也跟着抽了一口。屋顶四周围着比三层楼还高的橡树，在风中扭曲变形，鸣声瑟瑟。房子后面能看到第 394 号和第 94 号立交桥、雕塑花园和大教堂，隔着整座城市，仍然看得到光芒交错，灯影阑珊。

“光到底是什么？”

“光是种很奇异的东西。”弗洛里安答道，“光里面什么也没有，没有物质，但引力仍然能使光线弯曲。光既像一种波，又像一种粒子，从人的角度，这二者是不可能同时兼备的。光照不会穿透固体。它是一种能量。你觉得爸妈会离婚吗？”

“我也不知道。”瑞尔答道，“也许吧。”

“我觉得他们会离。他们彼此都恨对方。但是，妈妈就像光线，而爸爸是一颗中子星。”

“那又是什么东西？”

“你懂的，是正在坍缩中的恒星，它的自转速度越来越快，密度也就越来越大，把一切东西都吸进里面。妈妈怕是逃不出去。”

“是施瓦氏半径吗？”

“对！你说对了！”弗洛里安又喝了一口酒，然后把瓶子递给瑞尔。要是瑞尔记住了他教给她的东西，他就会很高兴。

她浑身颤抖，坐得离他更近了些。

“给你。”弗洛里安解下他的厚围巾，把瑞尔团团裹住，她又把围巾往脖子里掖了掖。

“我想抽口烟。”他说，“但是你只准抽一口，好不好？我可不想让你沾染上这些东西。”

我瑞尔才不会对烟上瘾，她想，或者瘾才不会深。一切都看似很好，很正常。明尼阿波利斯的天空泛起橘色和紫色的光晕。为了迎接圣诞，塔吉特中心大厦楼顶霓虹光带打开了，红绿光辉缓缓变幻。

“那他们会怎么处置我们？”

“我希望他得不到粲夸克。”弗洛里安说道。

他喷出一股烟，划过瑞尔的脸庞。

“我听到妈妈咨询律师了。”

“不是吧，那可玩大了。”

“我觉得，我们还是该怎么样就怎么样，我的意思是，我们知道该怎么对付他们，你懂的。”

“我当然懂的。顺便问问，你交到朋友了吗？”

“没。”

他们都笑了。

“不是吧。”弗洛里安用西班牙语说道，“你没朋友？就连一个小伙伴都没有？”

“不止我一个人没朋友。去把小提琴拿出来。”

“我们要给你找一大票朋友，顶夸克[①]。”

“我才不关心。”

“狮子就把皮埃尔给吃了，你还不管。世界上太孤独。”

他们两人都继续喝酒。酒瓶已经空了一半。弗洛里安一根烟抽罢，又打着了火机接着点了一根。瑞尔也抽了一根，一口下去，只感到一阵眩晕，连忙挥手把烟丢开。

“嗯。”弗洛里安说道，“我们只知道这些。全都是暗物质，95%的暗物质，我们根本得不出什么狗屁结论。”

“你又是什么粒子呢？”

“这是个好问题，顶夸克。让我想想。”

弗洛里安望着外面变幻不休的光影，抽了一会儿烟。

“嗯，我想出来了。我本来想说我是τ介子的，但我不是，我是一种尚未被发现的粒子，只存在于设想之中。”弗洛里安说道，“每个 τ 介子都有对应的标量τ介子，那每个电子也都会有对应的标量电子，同理，每个μ介子也肯定有标量μ介子。”

“标量μ介子？”

他们哈哈大笑起来，直到累得再也笑不出为止。瑞尔只要一说标量μ介子，弗洛里安都忍不住笑起来。

“说真的，就是标量μ介子。”

---

① “顶夸克”是弗洛里安给瑞尔起的昵称，下文的“标量μ介子”是指弗洛里安。

弗洛里安站起来，走到屋顶的边缘。“每个μ介子都有标量μ介子！”他边唱，边以苍穹为幕布跳起圆舞，活似早期黑白电影中的舞者。

瑞尔大笑起来，叫道：“快回来，弗洛里安。回来。”但他在屋顶的边缘保持住平衡，挥舞着手臂来回舞蹈。屋顶并没有塌下去。房子是旧式的双斜坡屋顶，倾斜地铺着石板瓦，瓦片有时会咯咯作响，但只有用力跺脚的时候才会掉下来。妈妈说，那些石板瓦很重，掉下来能把人脑袋砸开。

“求你了，弗洛里安！”瑞尔被裹在了旋涡般的光芒中间。

“弗洛里安，求你了！”她呼喊道，“我吓得快尿裤子了！”

弗洛里安抬起了脚，好似要踏出屋顶边缘，但他又向后转去，一路跳着回到瑞尔身边。瑞尔紧紧抓着他的胳膊，两人陷入了沉默。

“什么？你要走了？”

她什么也没说。

弗洛里安坐在她身旁，又点了一根烟。他们喝完了那瓶酒，瑞尔冷得牙齿都在打战。

“好啦。”弗洛里安说，“我陪你聊天。”

瑞尔还是说不出话来。

“对不起。”最后，弗洛里安赔罪了。

“求求你。”瑞尔低低地说，“以后别再这么干了。标量μ介子，在这儿感觉很孤单。”

弗洛里安拍了拍她的胳膊。

“好吧，可能我也不是什么标量μ介子，这太扯了。有一种尚未发现的W玻色子的超对称性伴侣，叫wino[1]，嗯，我就是个wino。”

“一点儿也不好笑。”

“那好吧，我是WIMP，是一种弱相互作用的大粒子。”

“嗯，听上去好多了。我快冻死了，我们还是进去玩《光晕》吧。”

弗洛里安站起身来，拿起空酒瓶，忽然翘起了手臂，在空中画了一个优雅的弧线，把酒瓶朝着树丛扔去。过了一会儿，才听到马路上酒瓶碎裂的声音。扔罢，他盯着瑞尔，直到她说了声“很好”，才移开眼睛。

“好了，顶夸克，我陪你玩。”弗洛里安说道，“你就准备好浪费弹药吧。”

“哈哈。”瑞尔爬下了梯子，“你才浪费弹药。”

“我还有一把反光刀呢。”

“钝刀，什么也砍不动的钝刀。”

“你可连把刀都没有呢。顶夸克，你没踩到台阶。”

“我饿得要命。”

“我们去找点儿吃的。我的好妹妹，这可是你兵败被处决前最后的晚餐了。”

“是你最后的晚餐，那啥介子！”

“那啥介子？”他们一路下了台阶，一边说笑一边从保姆身边走过。

---

① wino的另一个意思是酒鬼。

“你们俩嗑药了吧。”保姆说道。

“别说出去啊，我美丽的海珠仙女。”弗洛里安奸笑道。

她笑了笑，继续敲着笔记本的键盘。

弗洛里安和瑞尔迂回到了厨房，用酥饼托了吃的，上楼回到弗洛里安的房间，边吃边玩《光晕》。烟酒的刺激逐渐褪去，瑞尔困了，跌跌撞撞地回到客厅对面自己的房间睡觉。弗洛里安也跟着到了她房间，见她躺在床罩上已经睡熟，就从床罩下抽出一张毯子盖在妹妹身上。然后，他就回到了自己的房间，打开电脑，输入了父亲的名字。

※

那天晚上从派对回来之后，艾琳直接去睡觉了，而吉尔则莫名地兴奋焦躁。他到工作室去看艾琳的肖像。工作室里很冷，像是谁忘了关窗子。他穿了件旧毛衣，站在画前凝视。阴户部分已经画好了，笔触之间有种优雅和真诚。当然，她睡着了，还没看到，所以什么也不知道。然而，看过了她的日记，知道了她的所作所为、她的背叛之后，他并没有把画砍个稀碎，而是不断加深脸上的影子。他相信，他不配爱艾琳，但他确实曾想过把画笔削尖，一把刺进自己的心脏。

这张“贞妇”肖像画他看过好多次了，现在，看着自己的脸色，他就能想象当初艾琳有多么心痛。他双目圆睁，眼里噙满了泪水，嘴微微地张开。是啊，他明白了，他沉重地瘫坐下来。也许这不是个好办法，他不一定有勇气刺下去，也不一定刺得准，但这是个多么诗意的结局啊，让他无法拒绝。他用美工刀片削自己最长、最贵的一支画笔，削了很长时间。他把笔尖扎进两掌的掌心，鲜血立刻从掌心渗出来。然后他双手合十，任由血把双掌染得殷红。他仔细地把手掌的血印压在画布上。

这是他为她绘的最后一幅画了。他的血掌印会凝结，与油彩合二为一。以后，这幅画一定能值一大笔钱。

※

在睡梦的渊底，艾琳感到有人在看她，浮到梦的表面的时候，她意识到那是瑞尔。她睁开眼睛，发现瑞尔正站在黑夜里一动不动，但艾琳并没有被吓到。她没有换睡衣，仍然穿着条纹毛衣和宽松的牛仔裤，头发散乱地绕在耳侧。她的脸在黑暗之中看不分明，艾琳也不知道她的眼睛是睁开还是闭着。路上有车驶近，在初雪中发出低沉的轰鸣，车头灯的亮光反射到天花板和墙上，照亮了瑞尔的容貌。她镇静地看着艾琳，艾琳也看回去，发觉女儿的凝视实在是不能承受之重。

艾琳没有叫醒吉尔，她牵起瑞尔的手，把她带到她自己的房间。瑞尔躺在雍容的蓝色毛毯下，眼睛马上闭上，呼吸十分均匀，看似陷入熟睡之中。艾琳在瑞尔床边坐了一会儿，然后安静地离开了房间。路过弗洛里安房间门口时，她发现门缝里传出幽灵般的暗光。艾琳以为他忘了关电脑，于是开门走进他的房间。

弗洛里安端坐在电脑前，脸庞被屏幕照得荧白。他关闭了屏幕上正在看的图片，但后面还有一张，再关闭，又有一张。艾琳悄悄走近，一开始她以为弗洛里安在看成人网站，但靠近之后她才发现，他匆忙关掉的图片，都是早年吉尔画的她的肖像。

弗洛里安从屏幕前转过身来。“妈妈？”

“睡觉去。”艾琳说。

弗洛里安把电脑调成休眠状态。艾琳从背后抱着他，然后让他上床睡觉。今天是多年来她第一次参加聚会而没有喝酒。从弗洛里安的气息中，她察觉到酒精的味道。

“你爸爸画这些画时，我还很年轻。”她说道，“以后别再看了。”

“我知道了，以后不看。”弗洛里安说道。

“你喝酒了。”

弗洛里安一点儿也不吃惊。“对，”他说，“有时会喝酒。”

艾琳点了点头：“我希望你别再喝了。”

“我也希望你别喝了。”弗洛里安说。门外灯光射进来，照亮了他的脸。他用胳膊肘撑起身体。穿着那件黑色衬衫，他看上去苗条而孔武。

艾琳低下头，头发垂下来，遮住了她的脸。她定了定神，调整好表情，然后拢起头发，看着自己的儿子。

“你喝酒很久了吗？”

“也就这两年。”

“瑞尔呢？”

“她？她没有。她还小。”

“你也还小。你为什么看那些画？”

弗洛里安背转过去，重重地叹了口气。他看着天花板说道：“妈，我为什么看，因为以前你们俩是相爱的，那时候已经有我了，我看的是我很小的时候的画。但有时看到另一些……有些很难看，有些很漂亮。”

“那你可以只看好看的。”

“我不知道你为什么还让他画那些难看的。”弗洛里安的呼吸变得急促了，“你应该让他出局，应该自己控制局面。我不明白你为什么还和他做戏，为什么不站起来直接面对，为什么不带我们走呢？为什么不在我还小的时候就走呢？为什么？”

说出最后一个为什么时，他已经泣不成声。

艾琳想找些话说。弗洛里安看着她的眼神逐渐多了一丝鄙夷，表情也变得凝重起来。艾琳仿佛看到了另一个版本的吉尔，潇洒而冷酷，如刀锋般锐利。

“你太脆弱了，你就是个弱相互作用的母亲角色，是 WIMP。”弗洛里安强笑道。他的声音转而变成了呜咽，仿佛在曲意逢迎。“你会好好的，我们在伤口上放块冰敷一下，我是说，酒里加点儿冰。”

艾琳站起身，准备回到自己房间。

“对不起，妈妈。”弗洛里安用冷淡倦怠的语气说道，“你为什么不喝杯酒，然后去睡觉呢？”

第二天一早，艾琳发现她的日记敞开躺在地板上。她知道，吉尔已经看过了，甚至没有把日记本合起来就丢到了地上。终究还是发生了，但他除此之外，什么也没做。他在等什么呢？她又能做什么？她又能走多远呢？

让我走吧。她在第二页的白纸上草草写下这四个字，然后把日记仍然敞开放回原处。她知道，自己永远不会再翻开这本日记。

※

“你明白的，”艾琳第二天早晨对吉尔说，“我觉得我们得和弗洛里安、瑞尔谈谈你给我画的肖像，那些情色画。”她的语气平稳低沉。昨晚弗洛里安和她说话的口吻如同一记重拳，让她迷茫不安。她回想起他还很小的时候，每次送他去幼儿园，他都赖在地上抱着她的腿不让她离开，回想着她把他从身上剥下来的场景，回想着每次分别后她坐在车里噙满眼泪的场景。现在她忍不住问自己：我为什么要把他送走，为什么不让他每分每秒都待在我身边？

“我们要和他们谈谈，尤其是和弗洛里安。”她重复了一遍。

“对不起。”吉尔说道，他没有看艾琳一眼，“我觉得没必要。等到他们问起来再说。”

“他们不会问的。”

“他们也看不到那些画。”

“网上都能看得到。”

“这种事应该不会发生……”

“会的。我敢保证他们已经看过了。孩子们看到了，吉尔。我觉得我们得和他们谈谈。也许我们还得去婚姻咨询师那儿。我刚打电话问了，她有个预约取消了，我们正好过去。”

“我不想去，我不喜欢她。”

“她也不喜欢我们。”

“那有什么用吗？”

“即使她不喜欢我们，那肯定也能解决一部分问题。”

“在我们离婚前？我们不去。我不会走，你别想离开。”吉尔说道，“进入此地无人生还。”

“你这话什么意思？”

“歌词而已。”

※

12 月 13 日上午 11 时。咨询师坐在灰色椅子上，面色从容愉悦。

她态度不亲近也不疏远，而他们都把这理解为厌恶。他们都感觉得到。在吉尔看来，咨询师对他尤其反感。

“这件上衣不错。”他对医生说道，“颜色和你很搭。”

“谢谢。”咨询师答道，“我不明白，你为什么要恭维我。”

“为了争取你的支持。”吉尔答道，“我想把你拉到我这一边，这样我才能保护我的家庭。”

咨询师几乎笑出声来，但她忍住了，而是向后仰去，冷淡地说道：“你觉得这是我该做的工作吗？”

“算是吧。”吉尔若有所思地答道，“但我并不觉得你很支持我。”

咨询师双手叉在一起，不解地打量着吉尔，然后转向艾琳。

“艾琳，你觉得吉尔为什么需要我的支持？”

“好吧，我看出你打的什么牌了。”吉尔说，“但我还是要说，我没有感觉到你的支持。”

“我也没感觉到。”艾琳也说道。

“你也没有？”吉尔向艾琳靠了靠。

“但我不关心。”艾琳神色严肃，她手中端着一大杯咖啡，“我不需要她的支持，你才需要。”

“好吧，”吉尔说，“那现在，我确实需要了！我在为保全家庭而努力，你看不出来吗？为了我们的家人还能在一起。”

咨询师看了他一眼，仿佛洞穿了他的内心。然后她把目光挪向艾琳。

吉尔的语气很温和，想把咨询师的注意力吸引过来：“我还想重新开始，难道重来有什么问题吗？艾琳觉得重来很难吗？还是她害怕重来呢？”

“我不会重来了。”艾琳说道，“我已经重来一千遍了，但你都没有注意到，知道我放弃了重来的念头。我不会和你重新开始了，我现在只想赶紧过去。让我走吧，孩子由我们共同抚养，别再让任何一个人受折磨。”

“你知道，我做不到。”吉尔说道，“因为我爱你。”

“为什么你会爱我呢？”

“因为想和你做爱。”吉尔说。他的声音里没有一丝愤怒，反而是平静的诚实。“我也希望不曾爱你，但我生来就这样。”

他垂下头，看着自己的腿，一脸沮丧的表情。

“艾琳，”过了一会儿他又说道，“我本以为你叫我来这儿是说画的事情的，我画的你肖像的事情。”

“别想画了。我们为什么就不能和别人一样，和平体面地分手、离婚呢？”

“别人……那都是假的，艾琳。”

“不是假的，难道不是吗？”艾琳向咨询师问道，咨询师正准备开口，吉尔就抢着说道：

“我现在相信，那几个孩子都不是我亲生的。上次诊疗，也就是我们第一次来的时候，艾琳已经说漏嘴了。”

“我们一共就来过一次，就那么一次诊疗。”艾琳狠狠地看着吉尔。

咨询师坐着没动，面不改色。她看上去面无表情，用同等的兴趣看着他们俩。

咨询师一反常态地面不改色。吉尔几乎要对她和艾琳吼出声来。

“你怎么不说话呢？”

“好吧。”艾琳说道，“那我来说。吉尔，我和你说过，那是和你开玩笑的，这玩笑开得很恶毒，非常恶毒。我向你道歉。那件事已经过去了，他们是你亲生的，都是你的孩子。”

艾琳的眼神中燃烧着迫切，甚至让她感到疼痛。她本想诱导吉尔说出他看了她的日记，在这个令人生畏的咨询师面前把吉尔逼进死角，她在想计划能不能成功。

吉尔的嘴巴合不住了。他摇了摇头，仿佛想让自己看得更清楚。

“艾琳！他们不是我的孩子，我已经知道了！”

“你为什么这样认为呢？”咨询师说道，“你不相信艾琳的话吗？”

“我不信。”

“这就是信任的问题了。”咨询师说，“艾琳，你说的是实话吗？”

“当然是实话。我承认，当时说的话是很难让人释怀，但是那只是气话而已，吉尔。”

“气话？艾琳，你说漏了嘴，现在又想收回吗？给我说实话。”

“那是你的孩子。”

“他们都不是。”

“请冷静一点儿，”咨询师说道，“先不说孩子是不是亲生的，我们回到问题的本质，你们对彼此都缺乏信任。”

“对。”艾琳说，“你为什么不相信我的话，吉尔？”

“或许我们该做个亲子鉴定试试看。”吉尔冷笑着说道。

“那太残忍了。”艾琳说，“太下作了，还要抽血，孩子们都不喜欢打针。”

“只验 DNA，用棉签取样就行，没什么要紧的，艾琳。”

艾琳转了转眼睛：“好吧，吉尔，我不反对在他们的常规体检单中加入亲子鉴定一项。至少，他们该有所准备。”

吉尔垂下了头，脸埋在手掌心里。

“妈的，嗯，很好。你能想象吗？我们认识的能做亲子鉴定的医生就有两个。”

“是你认识。”艾琳答道，“我谁也不认识。”

“你真够可以。你能想象他们私底下怎么议论吗？”

艾琳笑出了声：“是啊，特别是出了结果，三个孩子三个爸，那就好看了。”

“继续说。”吉尔脸色赤红，咬牙切齿，“你接着说，艾琳。”

“说什么？”

“三个爸。”

“嘿，那只是玩笑话！很冲动的气话而已，我再次向你道歉。他们都是你的孩子，吉尔。”

“不是。”

“我受不了了。”艾琳对咨询师说道，“我们说下一个问题吧。”

“吉尔，”咨询师问，“继续往下吧。”

“不行。”

吉尔抓了一把面巾纸，掩住自己的脸。他的啜泣低沉、干燥，已经泣不成声。隔着飘舞的面巾纸，他说道：

“她说的话不值得相信，我也不信。”

“我从没有骗过你。”艾琳说。

吉尔拿开了纸巾。他双脸涨红，整齐的马尾辫也变得凌乱，一缕缕白发垂在耳朵两侧。

“你现在就在对我说谎。我不信你说的话，我知道事实。”

“你怎么知道呢？”咨询师说。

“你怎么知道？怎么知道？”艾琳冲吉尔说道，“你怎么能这么和我说话？你疯了吧！吉尔，你证据在哪儿呢？”她用手指指着他。她化着浓妆，声音尖刻，气势汹汹，活似一个巫婆。“别再胡乱指责了，放我走，离婚吧。这才是最好的结局。”

“不，绝对不行。”

“为什么？”

他缄默不语。

“是因为画吗，吉尔？那不是什么问题，你的画已经把一切都吸收了。你说的，艺术能容纳一切。如果你愿意，我还可以继续当你的模特。”

吉尔看了她一眼，目光绝望而不屑。“你觉得你是我的画的精华所在吗？你是吗？艾琳，没有你我会更好。”吉尔垂着头，目光定格在双手上，无助而痛苦地摇着头。

“吉尔，你听着，”她温和地说，“如果你坚持认为孩子不是你的，那你也不会爱我。你不会的。你甚至不会想让我在你身边。既然我这么不值得信任，你为什么不放我走？既然孩子都不是你的，你为什么不让我都带走呢？”

艾琳心中瞬间燃烧起一阵希望，她的心情都写在了脸上。她碰了碰他的胳膊。吉尔抬头看了她一眼，所有的自怜都一扫而光，仿佛脸上镀上了一层水泥，刀枪不入。他侧身转过去，眉头紧皱，陷入思考，很长时间没有说一句话。房间陷入了长久的岑寂。他眼中泛起一道光芒，然后对艾琳眨了眨眼。

“我明白了！”他终于开口，“对，我知道了，我想通了。”他点了点头，坐了回来，向下望去，眼神里又是嘲讽，又是佩服。

“很好，很好，干得漂亮。”

艾琳的后脖颈一阵发麻。

吉尔把头发理到脑后，抚平了他的衬衫。他眼中已经没有泪光，表情瞬间变得冷淡而阴沉。

“你现在准备说心里的想法了吗？”艾琳说道。

“我不说。”吉尔冲她亲昵而又扭曲地一笑，“你真是很聪明，艾琳，比我们看到的聪明多了，刚才，你真的骗到我了。”

“你能解释一下吗？”咨询师问，“我不清楚现在是什么情况。”

“我们没必要向你解释什么。”吉尔说，“你只不过是个履行职责的，是个不会说话的催化剂而已，她才是主角。”他笑着对着艾琳晃了晃手指。“她才是主角。”他眼中闪动着赞许的光芒，“她让我着了她的道，着了她的大道！”他的嗓门忽然提高了。

“安静点儿。”艾琳说。

吉尔又冲她摇手指：“所以，你什么时候知道的？第一次怀疑我是什么时候？你这么耍我多久了？”

艾琳感到体内空空如也。但听到他表示佩服的话时，她又忍不住一笑回应。

“啊，艾琳，你笑了。过来过来，你很为自己自豪呢。不用掩饰。过来……”他拉了拉她的手臂。

“艾琳，”咨询师说道，“你们现在是什么情况？”艾琳好像在一口深井中，听到她的声音自上而下砸在自己身上。

“艾琳，要做自己。”咨询师说。

“要做自己。”吉尔嘲弄道。艾琳看着吉尔的脸笑出声来，她笑得越来越放肆，以致喉咙无法呼吸，不得不大口喘着粗气。她试着站起身来，却感觉天旋地转，不得不让吉尔拉她站起来。

“站稳了。”咨询师说道。她也随二人一起站了起来，却没有动。

“诊费给我按双倍算。”吉尔说，“这咨询真是太值了。”他架着艾琳，一路笑着穿过狭窄的侧门走出了房间。艾琳只能趁关门时对咨询师摇了摇手。

向停车方位走去的路上，他们想忍住不笑，但笑意还是从鼻孔里从喉咙里挤出来，进了车厢就彻底爆发了，他们大笑不止，塞也塞不回去。最后吉尔慢慢地把车开回家。他们手牵手走进空荡荡的房子，孩子们还要过几个小时才放学。艾琳撑在吉尔身上，他则抓着她的胳膊，拉着她沿楼梯走进工作室。他脱下了她的外套，他们现在终于不笑了。他关上门，两手紧紧地捧着她的脸，开始吻她，唇舌交缠，愈吻愈深。忽然他停住了，挪到一旁，眼睛不断打量着她。

“你是什么时候知道的？什么时候开始怀疑我的？”他的声音无比亲昵。

狗在楼下叫了起来。艾琳站起身，望向门口。

“门口没人。”吉尔说。

她想从吉尔身边绕出去，他拉住她的胳膊，牵过她放在门把上的手。

“艾琳，我们得谈谈，找到解决方案，现在是属于我们俩的真心话环节。我们都要对彼此全盘托出，可以吗？”

她又想从椅子上绕过去。他又牵过她放在门把上的手。她再次把手伸向了门把，他一把打开她的胳膊。

“艾琳！”

她一动不动，在原地揉着胳膊。“我不知道你在说什么。”她说道。

“你当然知道，你一直都知道我看你的日记，不是吗？所以你才故意写了那些东西，为了刺激我，也为了捉弄我。我真是着了你的道了！但是我很抱歉，以后我再也不会这样做了。”

“你干了什么？”

“看了你的日记。”

瞬间，艾琳的眼神变成了斯通尼出生的那天，吉尔想看电视时她的眼神。那次他想，面具终于摘下了。但这次她的表情更可怕。她直起身来，似乎在不断变高，直到比吉尔还高大。一股黑色的能量炙烤着空气。她露出尖牙利齿，瞪大了眼睛，虹膜旁的眼白尽显。恨意从她身上喷薄而出。

“你竟然看我的日记？看了多久？多少年？从一开始你就偷看？”

“你不知道？你写那些，不是为了刺激我？”

“当然不是。”她低声说，然后轻轻拍了拍他的胳膊。他踉踉跄跄地走出了门。

※

他们之前已经答应，那晚带孩子们到冰封的河面上看冬日的焰火表演。他们迟到了，河岸两侧已经挤满了人。吉尔好似被狂躁的绝望附了身，坚持要挤到人群前面去。他们越过警戒栏，拨开葡萄藤和千屈菜瘦硬光秃的藤蔓，在河岸松垮的积雪上铺了一条被子。他们小心翼翼地钻进毯子里，用鞋跟紧踩着被子，或是用脚撑着地上浓密的树丛，以防止他们滑下去。燃放焰火的地方叫灵岛，正在他们对面，孩子们战栗地缩成一团，看漫天花雨在他们面前绽放又陨落。后来在他们印象里，这晚不仅弗洛里安捡到了那只猫，他们也看了有生之年最刺激的一场烟火。当天其实同时有两场烟火，除了填满天空的火焰，还有密西西比河玄色冰面上焰火的倒影。烟花展华丽谢幕时，万花齐放，声如雷动，孩子们看得如痴如醉，耳朵也震得听不清声音。他们意犹未尽，于是多待了一会儿，艾琳用保温杯装着热可可，饮料尝起来有一股金属的味道，她还在包里装了几袋干果仁，他们大口吃着喝着，几乎听不到自己吞咽咀嚼的声音。忽然斯通尼尖叫一声，不知道什么动物忽然掠过了他的腿。艾琳以为是老鼠，于是把他拉起来，瑞尔忽然看到了它的影子，弗洛里安伸手去抓，那只瘦弱的猫一跃闪开，但它并没有逃走，而是站在幽暗的残雪中，委屈地叫着。

“走吧。”艾琳干脆地说道，“我们回家去，留它在这儿。”

“不要！”弗洛里安趴在地上，看着这只小猫。

“它很饿，”瑞尔说，“会冻死的。”

“给你！”斯通尼转身抓来了一把花生。

“我们快走。”吉尔准备把瑞尔拉起来。

平时吉尔只要伸手制止，瑞尔就乖乖地老实下来，但这次吉尔却碰到一团冷酷的怒火，她使出浑身力气一把推开了他。吉尔大为吃惊，他向后踉跄几步，一只脚忽然卡在藤条中，整个人向后狠狠摔去。他既震惊，又觉得尴尬，一阵绝望的感觉袭来，他本欲训斥，却无法开口。他缓缓站起身来，却什么也没有说。瑞尔解下了弗洛里安的围巾，裹着小猫把它抱起来。弗洛里安抓起它的后颈，抱到自己胸前。一开始它嘤嘤地叫着，但很快就卸下了警觉。弗洛里安把它紧紧裹在围巾里，它立刻不叫了，而是靠得更近。孩子们知道艾琳不喜欢猫，但如果孩子们狂热地想要一样东西，比如这只猫，她也没什么办法。

虽说没人看见瑞尔推倒了父亲，但现在，他们显然都知道吉尔的意见已经不足为虑了。

“放下它。”艾琳说道。但弗洛里安不肯放手，他笑着看着母亲的脸，说道：“妈，你摸摸它，它正在咕噜叫呢。”

艾琳已经不在意自己是否会动摇了。她只想让弗洛里安重新爱她。

她伸出了手，孩子们知道他们可以留下这只猫了。他们拥到弗洛里安身旁，轮流抚摸着它布满条纹图案的孱弱身体。

回家的路上，吉尔停在了沃格林便利店前，艾琳进去买了些养猫用品。到家之后，弗洛里安把猫箱放在地下室里，让它在一旁抓来挠去。他带着猫一起上了床，紧张的小猫僵硬地在枕头旁踱步，挨个枕头嗅来嗅去，黄色的瞳孔映射着弗洛里安的面容。最后它靠在弗洛里安脑袋旁的枕头上，喉咙中发出轻柔细碎的声响。弗洛里安扭过身来，看着那只猫，但并没有摸它，然后缓缓闭上了眼睛。

是夜，瑞尔躺在房间里的被子上，在黑暗中凝视着天花板。她又感到那份沉重的喜悦袭来，当父亲的身体后退、倒在地上，并且没有还手打她时，那种喜悦也曾瞬间笼罩了她。一回到家，她就立刻进入房间，脱掉了衣服，唯恐父亲意识到事情的严重再把她拽起来。如果这事情真的发生了，她也做好了准备。但是房子里一片岑寂，什么也没有发生。她开始深呼吸，缓慢地深呼吸。她把毯子掖在脖子两侧，忽然感到眼睛和喉咙里一阵酸楚，刹那间百感交集的泪水流满了脸庞。如果她成功地缴械了权威，那她就成了孤家寡人，并要为每一个人负责。

※

第二天，艾琳就把猫带到了宠物诊所，医生告诉她猫身上有三种寄生虫，除此之外，它身上还有跳蚤，患有结膜炎，还可能有呼吸道感染的症状。一番诊治，收费接近一千美元。吉尔问：“你为什么要花这个钱带猫看病？”

“那你会怎么做？”艾琳回答道。

他们转身进屋。弗洛里安抱着这只黄色的猫进入房间。

“叫薛定谔。”他说道。

吉尔说：“噢，《花生》里的那个角色的名字吗？”

“不是。”弗洛里安说，“是薛定谔，那个物理学家。你难道没听说过薛定谔悖论吗？”

“厉害啊。”吉尔说，一看到猫他就怒气冲冲，“这小杂种还真是厉害啊！”

弗洛里安抚摸着猫，把脸埋进它的毛发里，然后扬起眉毛，抬起头看着妈妈。

艾琳深吸了一口气，弗洛里安抱着猫走开了。

“你够了，”艾琳说道，“你给我从屋里出去。”

“你要把我从自己家里赶走？”吉尔笑了，“艾琳，你太过分了，我本以为我们会互相支持，团结一心，至少也要围着孩子们转。我本以为这才是我们应该做的事。”

艾琳的眼睛噙满了泪水，她衬衫口袋里的手指扭曲着。“你给我滚！”她又喊道。

“不，你给我滚！”吉尔扬起了胳膊，“你给我滚！你！”他的胳膊不住地晃动，“房子是我的画换来的，是我的心血！”他两只手掌拍在一起，然后给艾琳看他的手。

艾琳呆住了，一动不动。

“不管你的手是怎么弄的，”她最后说道，“你都必须得走。”

“噢。”他的声音温柔而危险，“我猜你本就是这么想的吧。”他站着一动不动，陷入了思考，一种狂热执着的爱慕占据了他。他伸出双臂，跪在她面前，急促地说道。

“我只是想让你爱我，我的身体都要窒息了。没有你，我真的好孤单，艾琳。你摸摸我，摸摸我好吗？”

艾琳走开了。

“噢，上帝啊！”吉尔说。

她向他走来，伸出手放在他头发上抚摸着。他环住了她的腿，轻轻地抱住，头靠在她的膝盖边上。

艾琳的手指捏成了拳头，她重重地打在他的太阳穴上，把他打得几乎瘫在地上。

她僵硬地站着，拳头悬在一旁，沉重得锥心。

吉尔调整身体平衡，又一次环住她的腿，握住她的拳头，亲吻着她扭曲的手指。

艾琳叫了一声，躲开了他的手，瑞尔也走进了房间。

“爸爸还好吗？”她问道，恐惧地低头看着父亲。她什么都看在眼里了。

“吉尔，站起来。”艾琳说。她甩开他环住自己腿的胳膊，向瑞尔退去。

“对不起。”瑞尔对妈妈说，她扑进艾琳怀里，把脸埋在她的胸前。艾琳不用弯腰就抱住了她。他静静地走出门廊去了厨房。他们听到橱柜门打开的声响，听到冰箱门的嘎吱声，听到制冰机里冰块哗啦作响，听到液体流动的声音。他们听到吉尔上楼走进工作室的脚步声。

“妈，”瑞尔开口了，她的脸还埋在艾琳胸口，声音听起来瓮声瓮气，“别和他离婚好吗？”

他们站在从弯曲的旧窗户射进来的阳光下。瑞尔仍然紧紧靠在艾琳胸口，她纤细的胳膊围在艾琳的腰上，两只手在她背后紧紧攥在一起。艾琳嗅到瑞尔头发上空气、残雪和阳光的味道。

“恐怕我必须离婚，”艾琳说，“真的，必须离。”

“不要。”瑞尔说。

“我觉得……”艾琳说。

“不要。”

“但是……”艾琳又开口了。

“求求你。”瑞尔说。

※

吉尔离开了，又去看那张《贞妇》肖像。那时正是下午，屋子里坐满了来上课的大学生，所以他转而去看了皮埃尔·勃纳尔于 1913 年绘制的《乡下餐厅》。画里一扇蓝色的大门朝里打开，橘红色的墙炽烈欲燃，窗外的风景一片辉煌灿烂，妻子从窗台向里窥视。正是春天，新叶还未长成枝丫的季节。

一条天鹅绒垂绳悬挂在画前，仿佛提醒被深深吸引的参观者不要误入画中。吉尔站在那条绳前。

终其一生，勃纳尔的绘画主题都围绕微小的瞬间，如玩沙的儿童，桌子上盼食的宠物。还有他画中的模特马尔特，她袅娜小巧的身体是他的信念。他画下了她房事后的慵懒，画下她在闪耀的浴缸中做的美梦，画下了她在大门边的窗外向里窥视的瞬间。很多文献记载她是个性情乖张的悍妇，但勃纳尔曾爱过她。随着战争爆发，他的世界也愈加狭窄。失去妻子后，他画了一幅自画像，吉尔看了既满心不忍，又感到了壮士暮年的悲哀。这幅画几乎使用了所有颜色，但画中只有勃纳尔自己——老迈、孱弱的他凝视着浴室中的镜子，深邃的目光古井无波，仿佛能透视一切。他一生中用过的所有色彩都汇集到了这张自画像中。这幅画是画家的精魄凝聚成的，他把自己溶解为永不磨灭的色彩和光影。他头顶秃如鸡蛋，而骷髅般的裸体上上下下仍沐浴着一片片太阳的光芒。

他和艾琳一起在巴黎时，他们一起站在这幅画前凝视了很久，然后为各自的原因掉下了眼泪。

Part 3

2007年12月15日

艾琳坐在房子外的车里。旁边的座位上放着一个信封，里面装着离婚协议书。她把孩子都送到了路易丝那儿。屋里的一只狗把它的腿撑在床边的沙发上，盯着窗外的她，耳朵警觉地竖着。

“你也知道，是不是？”她与那只狗对视着。

一进门，她就大声喊吉尔。她的声音听起来平淡无奇。

“我在打电话。”吉尔从楼上回答道。

她在餐桌前等候。餐桌的木头刻意做成千疮百孔的样子，遍布人工雕琢的虫眼，每一处创痕都精心打磨过，好像不知多少代人传下来的。桌上有一只叉子。她轻轻敲打着木头桌面。墙上曾经把弗洛里安吓了一跳的镜子在微微晃动，影影绰绰。

“我还在等你。”过了一会儿，她又向楼上喊去。他已经忘记她在楼下。楼上又响起一阵通话声，然后他说了再见。

“怎么了？”

他的言辞谨慎而克制。昨天，他们几乎没有任何对话。

“请坐下说。你能坐下说吗？”

吉尔看到了信封。

“那是什么？”

艾琳如实以告。

他脸上浮起一抹微笑，头侧向一旁，手抓住了椅子。他颓然倒下，双膝跪在地上，跪了一会儿，然后当作什么也没发生似的站起身，把狗赶出房间，然后关上了门。

“干什么？”她说，“把狗放进来。”

“好啊，离婚协议真是个惊喜！”

他用手抹着脸，说了一遍又一遍，忽然伸出手，指着艾琳。她后退了几步。门外的狗狂吠不止。他的脖子上泛起一层红晕，一路蔓延到耳朵，再到眼镜后。

“对不起。”她说，虽然她告诉过自己不要说对不起。

“对不起？真的吗？”

他又伸出手，冲着离婚协议书挥舞拳头。

“拿回去！”

他穿着一件暗红色的针织衬衫。艾琳试图绕过他去开门，碰到他身体时，发现衬衫全湿了，她不由得吃了一惊，到底怎么了？他叫喊的时候，整个身体也在叫喊。他小心地抱着她，手臂愈来愈紧，勒得她几乎无法呼吸。

“我不在意那个男人，”他的头埋在她头发里，“你有几个男人我全不介意。至于离婚文件，我也不接受，我不会签字的，不会让你走。”

她试图挣脱他，但他阻拦时把她推倒在地上。他哭泣的声音仿佛肝肠寸断，仿佛大树被连根拔起。

“我不介意他们，我不介意。”他不断重复着，把她抱得更紧。

她想从他身下脱身，又推又打又砸，就好像在和一张巨大的沙发搏斗。他把自己变得硕大无比，不为任何反抗所动，把自己所有的重量压到搂住她胸口的手臂上，用腿按住她的腿。他用另一只手把她的裤子脱到大腿下。狗在挠着门。她拼命和他撕扯，可他丝毫不以为意，用腿把她并紧的膝盖撬开。他仍然呜咽着，抚摸着她，她则紧紧抱着自己，不让他近身。忽然他又不哭了，愤怒奔涌至他的喉咙。他把她的牛仔裤扯到膝盖下，恨恨地盯着她，强硬地进入她的身体，在地板上向前推去。她的头顶到了墙壁上，随着他的每次挺动撞击着墙面。他到了高潮，而她没有。事毕之后，她把自己拖到楼上的浴室，锁好门脱下衣服，茫然地站了一会儿。几分钟后，她爬进了浴盆，在腾腾的热气中高潮了很多次，手止不住地痉挛。忽然，她放声大笑。

“出什么事了？”吉尔站在门口柔声说。

也许什么也没发生，她想，手在嘴唇下不住颤动。我该怎么对医生解释腕管综合征呢？也许应该归咎于之前写的学位论文，我就说我至少重写了一百稿。他轻轻地敲门时，她想，他要是死了会怎么样？

“我拿来了香槟。”他说，“你开门，我把香槟放在托盘上。我保证不进来。”

“我不想喝。”她说。

“不会的，你会喜欢。泡着澡喝着冰香槟，你肯定会喜欢。”

是啊，艾琳想，我喜欢。但说不定他是想借机杀了我，或者把我淹死，又或者打开我的电吹风机扔到浴缸里。也许他会划开我的手腕，谎称是我自杀。一个得了妄想症的女人，都会想这些。

“听好了，”他说，“我在托盘上系一根绳子，你可以拉到你身边，我不会进来的。”

她走出浴缸，打开门，然后又回到泡澡水里。门开了一条缝，他把一根绳子扔向浴缸，然后把香槟托盘推进了浴室。香槟酒杯放在一方餐巾上，托盘上有一个冰桶，里面装着一只打开的酒瓶，瓶口裹着一块餐巾。旁边的碎冰上的银碗里装着鱼子酱，还有一碟酸奶油和薄脆饼干。门关上了，艾琳凝视着酒肴。很明显，他要制造我自杀的假象。她想。

托盘的手柄上系着一根绳子，她伸手抓住绳尾，把托盘拉向浴缸，然后抓起瓶颈拿起酒瓶。一线雾气从瓶口卷起。酒瓶由沉重的绿色玻璃制成，标签上流畅的棕色字体华丽而喜庆，看上去优雅昂贵。她抓起不断冒泡的酒瓶。她一直认为，告别这世界是经过无数次的深思熟虑后至高无上的举动，但其实并不是。她倾斜着酒瓶，看着苍白寒冷、干涩金黄的液体顺着胸膛流下。

※

他拒绝离婚，宁为玉碎。在回工作室的楼梯上，吉尔想，我要和她去旅行，去墨西哥。他要从网上订车票，还要制定攻略。这对每个人都是惊喜，她拗不过孩子的。他走上了楼梯，那只叫薛定谔的猫正严肃地坐在最上一级台阶上。这只猫四肢细长，通体灰黄，眼中闪烁着金色的沉默。吉尔从来没养过猫，觉得它们狡黠而阴暗。这只坐在他工作室门槛上的猫让他浑身战栗。它不属于这里，但它就在这里阴鸷地挑战着自己的权威。吉尔走上台阶时，他们四目相对，眼睛一度水平直视。吉尔察觉到他的身体因为恐惧而颤抖，恍然如梦。他大声叫了出来，猫闻声一跃而起，如幽灵般消失得无影无踪。吉尔走进工作室，发觉浑身都在颤抖。他锁上身后的门，然后蜷缩在沙发床上，凝视着窗外。他把那条艾琳躺过的葱绿色毯子盖在身上，却察觉不到一丝温暖。他的牙齿瑟瑟发抖。应该是被吓到了吧，他想。她已经不爱我很久了，而我无能为力。我没法再照顾孩子，他们会离开我，也会把狗带走，还有那只可怕的猫。

踢脚板下面蓦地涌起一道黑暗的阴影，沿着墙和天花板不断下沉。他不曾发觉空气也可以有如斯重量。他闭上了眼睛，跌进一个不断收紧的黢黑裂缝，直到他再也不能动弹。

※

晚上，艾琳听见吉尔在楼上踱来踱去。她锁上了卧室的门。她知道工作室里囤有食物、水、酒，还有厕所。如果他愿意的话，他可以住在那里。第二天早上，她打电话给路易丝，把事情经过都告诉了她。

“艾琳，你是从傻瓜星球来的吗？他强奸了你！报警，然后离婚。”

“其实也不是，我……你能再帮我带一晚上孩子吗？”

“不行。”

“那我就来接他们。”

“不用了，艾琳，我当然会照看孩子的。”

“你都被我搞烦了。”

“艾琳，打电话报警。”

“我不能这么对他。”

“噢，天哪，我真想把你脑子里的屎打出来！”

路易丝挂了电话。

艾琳看见一个个白色的影子从窗口落下。她走了出去，发现吉尔把六幅画扔到了楼下，两幅画在帆布上，四幅画在木板上。她的肖像落在厚厚的积雪中，并没有损坏。她把画一幅一幅捡进车库。

她捡起最后一幅画的时候，旁边传来碎裂的响声，吉尔扔下了一个空的伏特加酒瓶。她抬头一看，下意识地躲闪。忽然她左边又落下一个酒瓶，她急忙闪避，绕了很远的路才躲开吉尔工作室的窗户。第二天早上，雪地里陷着四个空酒瓶，它们露在积雪外的瓶口诡异地歪斜着。然后又有第五个、第六个。晚上，她再也没听到吉尔踱步的声音。吉尔从来没给她工作室的钥匙，所以她敲了敲门，喊着他的名字。

Part 4

2007年12月26日

红色日记本

孩子们的表现看不出任何异常，他们还是打打闹闹，仿佛一切与自己无关。平安夜那晚，荷兰鼠“雪球”死了，他们的心情才变得低落。这只白色的小生灵是斯通尼班级里养的，不无讽刺地说，简直就像班里的部落图腾。但斯通尼对它偏爱有加，因此就像被上帝看中的“天选之民”，他从一年级的芸芸众生中脱颖而出，负责在漫长的寒假期间把“雪球”带回家，以防不测，但是不测总是防不胜防。

圣诞夜，你安全了。你在做诊疗。你走了，我心下感到宽慰。有段时间，我管不了是不是要把你逼疯了，我也没时间关心这个问题。我不明白你怎么把一切都压在自己身上，和一切都纠结、缠绕在一起。斩断羁绊，我们就各自飘散。我们感到眩晕，于是拿出食物，想吃什么就吃什么，想什么时候吃就什么时候吃。我们夜不能眠，外出露营和狗并排躺在睡袋里。有时我知道我必须夺取控制权，设定规矩和界限，回到正常轨道上，但我没有这么做。我们之间拉锯的季节马上就要到了，孩子们都已经找我说了。他们以前也会说，但这次不一样。我没喝醉，听得出这次不一样。他们对我和盘托出，讲述了他们疯狂复杂的亚文化——弗洛里安痴迷于暗物质，瑞尔讲了一部青少年女巫电影，片子里的女孩咬断暴虐的体育老师的血管，活吃鲜血淋淋的豚鼠，我从没让她看过这类电影。现在怎么办？

你要说你也感同身受吗？

做了母亲，女人的脑子就成了一地鸡屎，沉积着孩子们在各个年龄段成长的碎屑。黄色大鸟羽翼下堆积的黄色泥垢、蜡笔剪刀打造的芭比发型、旧式塑料马克笔杆、翠迪游戏卡盘、小鞋子、钱袋子、腰带、画着芭比娃娃图案的荧光内衣和溜冰鞋，然后是符合政治正确的木制品，冰棍棒做的娃娃、颜色形状各异的积木、木头马、拿着锋利武器的水兵玩具、微型小马玩具、一直都想要的塑料马、玩具车、乐高小人、机动模型、数学玩具、上百套格式迷宫和拼图、各种填充公仔——老虎、蟒蛇、大象、蜘蛛、肥猪、长颈鹿、乌龟、老鹰——还有各种款式的精致瓷质茶具、小家具、小镜子、复古明星小马的碎片、户外用品、苏斯雕像、每一件麦当劳赠送的乐餐玩具，再加上旧式的万圣节糖果，所有这些一起构成了儿童知识的坚实地基。

我的大脑就是一个玩具篮子，塞满了各种零碎、廉价破碎的玩意儿。

平安夜即将到来的那个下午，天将薄暮，路易丝和她好心的女伴牵着她们收养的灵缇犬来给我们送礼物，我强忍住心里涌起的欣喜。我们喝着茶，看那只淡红色的灵缇犬在屋子里优雅地踱步，忽然一声仿佛来自地狱的尖叫响彻整个房子。那是荷兰鼠发出的痛苦的嘶鸣，这样一只温顺无害的小东西竟发出这样的惨叫，听到着实让人害怕。

我们马上就意识到，肯定是发生了什么可怕的事情。那只狗从斯通尼的房间蹑足走出，修长的嘴里叼着那只荷兰鼠。它强健的腰部晃动着，期待得到我们的赞许。毕竟灵缇犬就是被驯服成猎犬的，不是吗？它的神情仿佛在说，我的一生不就是要猎捕这样的动物吗？我们冲它怒喝一声，赶快抢过那团毛茸茸的荷兰鼠，送到斯通尼的怀里，他又塞给我，用信任的眼神看着我，那目光仿佛刺透我的心神。

今天早晨，和往常每个早晨一样，我感觉自己被孤零零地遗弃在这茫茫宇宙中。我发觉自己正陷入自怨自艾中，顿时感到一阵惶恐。一想到我现在是一个成年人，要为三个单纯又复杂的孩子负责，原本的一丝喜悦就荡然无存。他们也意识到了自己的父亲，别管是吓吓他们，还是为了拯救他们，很久都不会再回来了。这意味着什么？他们看着我，想问什么却没有开口。

我心如刀绞，怀念起母亲来。但是现在我也无法让她来收拾这个烂摊子，于是我只能想象出另一个艾琳，一个坚强理智的人，会走进我房间里，告诉我该去睡觉了，接下来一切都由她打理。我知道，没有酒我什么都做不了——送孩子上学，找诊治医师报到，联系律师，清理垃圾，什么都不行。房子骤然多了一丝凶意。垃圾桶里堆满了空酒瓶，赤裸的瓶口泛着饥渴。

到处都是破烂，都是垃圾，都要回收。我知道，这些本应该是我来收拾的，但是上周你走之后，我就在心里向母亲求援，她当然无法回答了。于是，我就假装我是幻想出的护工艾琳。

护工艾琳走了进来，接手了这个烂摊子，她高效而冷静，而真实的艾琳躺在被窝里抽泣着。

你静静吧。她说道，耐心的语气里透着些许不耐烦。喝点鸦片酒吧，我会送他们去学校。

就这样，我每天早晨都早早把孩子叫起来，一边疯笑着，一边找出他们的干净袜子、宽松的高领毛衣、手套，装好他们的书和作业本，在明尼苏达州冬晨黢黑的天色送孩子去上学。这些事即使交给那些清醒正常的母亲，哪怕她的孩子不会一会儿欢呼雀跃，一会儿乖戾阴郁，她也会觉得不胜其烦吧。而我坚持着，一直挨到假期来临。

护工艾琳，我的吐司又硬又难吃，给我拿走！

所以，我让那只荷兰鼠蜷缩在我的肚子上，就像你为快冻僵的我取暖那样。尽管它的外表没有受伤，却一直不停抽搐，啮齿紧紧咬合。它温柔而又呆滞的双眼紧闭着，眼眶边缘变成了蓝色。它休克了，鼻头没有了温度，这可不是什么好兆头。我蜷缩在羽绒被子里，把身上所有的热量都传输到了它的身上，因为最可怕的是，斯通尼简单而热切地相信，只要他把这只小东西放进我的怀里，它就绝对没有任何事。我在心中不停祈祷，雪球啊雪球，你可千万不能死。在这个神圣的夜晚，你对很多人来说太重要了。我知道，你来世上一遭会经历很多磨难，但必须这样吗？我听说一年级的小孩子常把你扔到地上，把你捏来挤去，我还听说你常在他们大腿上拉屎。那只狗在赛狗场上被打错了针，几乎丢了命，我们把它救了回来，它一辈子都在追逐小动物，终于抓住了一只，结果竟然是你。它本以为主人会拍拍它的脑袋，夸它是条好狗，结果迎来的却是震惊、惶恐的呵斥。太不应该了，小东西，这事本不会发生的。但非要我们在夜色最浓的时候失去所有珍贵和完美的东西吗？必须要这样吗？小毛球，就算不为你自己，为了我儿子也请你好好活着，好好蹦跶，求求你！但我却能感觉到，这小东西的生命的光彩正逐渐暗淡，我能感觉到，那一刻雪球死了。

那一刻，我发现我还是很幸运的，因为我有一张还有余额的信用卡，有一本附有黄页和宠物商店的电话簿，时间是下午4点，还没到5点下班的时间。虽说我的腋窝里夹着死去的荷兰鼠，外面气温低至零下20华氏度，但去年秋天你让我在车里安了一块新电池，车照样可以发动。

我非常冷静地对孩子进行安排。

“亲爱的孩子们，”我说，“我们必须再找一只荷兰鼠抱着雪球，把雪球带回我们身边，因为它休克了。”我用眼神对弗洛里安和瑞尔示意，他们懂了，也用眼神回应我。我们没有说它死了，除非房子里又有了一个新的小生命。他们三个中最小的连衣服都不会穿，最大的则素来对时间概念嗤之以鼻，但他们一听说要去领回来另一只荷兰鼠，都匆忙把自己裹进厚衣服里，做好了出门的准备。

我们穿着大衣和靴子、戴着亮条纹手套出了门。路易丝、波比和那只灵缇犬无精打采地走了，回去过安稳的假期。我把雪球留在了烘干机顶盖的娃娃毯上，因为你永远不知道谁是复活和光明之神。谁又能理解班级宠物的生理？

我没有喝一点儿酒，现在真的有些吃不消了，现在只想喝点儿什么都行，哪怕是前天我倒进下水道的那一小瓶野格酒。然而，曾有个“十二步戒酒法则”的拥趸告诉我：但凡自己挖掘的东西都可以据为己有。这里仿佛有一种计划，那就是，凡是上帝赐予的，我们都有足够的力量去承受。

还好我不是，我有护工艾琳。

脑海里还在想着每一天都好好做事、滴酒不沾的时候，我已经决定一定要找到一只新的荷兰鼠，圣诞节还要继续过。因为即使是野兽也必须说话。

我们一路狂奔。卖荷兰鼠的商店刚刚关门，我们情急大呼，还是带着钱闯了进来，看，它在这儿，它在这儿。它身上是成熟的杏黄色，还有点儿肉桂色，身上裹着凝脂般的绒毛，好宝宝，香宝宝，荷兰鼠宝宝，我们的宝宝。我们把它装进纸箱里，带回了家，斯通尼一路把它放在自己腿上，仿佛在虔诚膜拜。回到了家，雪球死掉的翳云仍然还在，但已不足击垮我们，因为生命在萌芽，在我们周围，在寂静中，在炎热中。在圣诞夜弥漫着松果味的空气中。

雪球啊雪球，荷兰鼠中的精英。吉尔，我有错。你说过，一切都是媚俗。那个法国乐评人和他的一堆CD都是媚俗的。我现在明白了，是真的。斯通尼看着他的膝盖上的那只小生灵，眼睛里充满了欢乐。凝视着他碧蓝的眼眸，连我都几乎相信那个所谓乐评人的事了。我现在还会坚称你是孩子的父亲吗？会的。但我所看到的欺骗是不可避免的。这些事情是肯定会发生的。我们两个人中有一个疯了。正如你从这则日记中看到的，我也可能会崩溃。

我们回到了房子里。屋里有两只荷兰鼠，一只活着，一只死了。死了的那只僵硬地躺在烘干机上的娃娃毯上，嘴唇微微张开，露出了骨质的牙齿。感谢基督，我们还处在一种奇异的恩典之中，愤世嫉俗者则称之为爱。我记得你工作有多努力，有多负责任，记得你用别致的纸包装起圣诞礼物，你总是用尺子量好纸的尺寸，然后完美地附在包装精美的礼物上，上面的真丝绸带或是锦缎做的假花轻舞飞扬；我记得你对我们的爱，虽说你的脾气让它稍稍黯淡，我记得你对自己的恨，虽说这恨中夹杂着些许虚荣。我记得你爱我们，虽说这爱太疯狂太卑鄙，但爱毕竟是爱。所有的记忆纠缠在一起。今夜在无数平庸、可憎的夜晚中显得格外神圣，我拨打你早已停机的号码，对着电话呢喃私语。不要自杀，活下去，坚持住。

他们撞进你的工作室时，发现你喝光了那天晚会剩下的伏特加酒——你把酒瓶扔出了窗，差点儿砸到我——那剂量几乎把你毒死。但你没有死，所以活下去，吉尔，坚持住。因为你无法被取代。自杀了意味着永远不必说对不起。不，不，爱就意味着你要坚决抓住生命，就意味着必须活下去才能把握住。你的孩子，甚至是玩世不恭的大儿子，都在和新的荷兰鼠玩，等待着死去的那只荷兰鼠过了今晚会复活。我把死掉的雪球放在烘干机里，四周铺得软软的，或许，这是为它做心肺复苏手术吧。它浑身没有一点伤口，而是死于恐惧，叼住它身体的犬牙生生把它的小心脏吓停了。就如谎言也能诛心。活下去，活下去，我给你打电话，我是护士，我给你端了一碗热汤，我命令你喝下去。

Part 5

5 月下旬。吉尔已经在一周前搬回了家。在阵亡将士纪念日[①]前的那个周末，一家人挤进两辆车里稍大的那辆，驱车四个小时到达威斯康星州的贝菲尔德。这时已是春末，苏必利尔湖的积冰虽已消融，但水还是很凉，没法游泳。他们在那里等待前往马德琳岛的渡轮。艾琳第一次笑了起来，弗洛里安也从耳朵里摘下 iPod 耳机，平静地观察冰冷的湖面上的粼粼波光。

"我不敢保证现在他们的情况真的好转了。"弗洛里安看着湖水说。

"都是暗物质，标量 μ 介子。"瑞尔想起了书上的话，说道。

父亲抱起了斯通尼，瑞尔在妈妈旁边懒洋洋地踱步，弗洛里安把耳机塞回耳朵，又变成老样子。他们一起看着从岛上驶来的白色大船靠近码头。

※

他们租的住处是一个人耗时多年建造的房子，直到步入老年，

① 时间为 5 月最后一个星期一，为纪念在战争中阵亡的军人，现已成为美国一般家庭祭奠逝去亲人的节日。

他都靠着石头壁炉给房子做最后的修饰。他的原料有谷仓板、随湖水飘来的木头，以及他重新利用的各种废物。门把手是用鹿角、线轴和抛光的弯树枝做的。这座码头很大，但地形崎岖，看得出历经风雨波涛的洗礼。码头之外的海岸岩石重叠，但另一边有一小片沙滩，以及一块半月形的沙屿。浮木都是在秋季和冬季打捞的，而这个季节，湖面上飘着垃圾等待滤清。孩子们用弯木板和银根搭了一间小屋，艾琳掘了一个灶坑。黄昏时分，他们坐在一起，欣赏天上透明的焰火。她和吉尔各自忙碌着，没有说话。他们之间的沉默也是一种尝试。吉尔变得很瘦，头发也留得很长。他看起来和去年大不一样，也不像她当年嫁的那个男人。他看起来不像她以前见过的任何人。

※

她说她不会再和他做爱。“别想了，”她说，“至少这几年你别想和我睡一起，或者让我当你画画的模特。”他一脸茫然，想到她竟然认为这种事还能吸引他，简直荒唐。他放下了酒瓶，也不再吃东西，酒足饭饱之后，他对任何东西都没有了欲望。傍晚时分，当他感到体力不支时，他就睡觉或者坐着不动，感受瞬息间的声音和感觉。他开始栖居在自己的身体里。他一直恨自己的身体，因为这副皮囊给他带来太多耻辱——它总是想要艾琳，但又不是以正当的方式；有时，画她的肖像的欲望甚至压倒了和她做爱的欲望。他鄙视这副皮囊的饥渴难耐，鄙视它一触即发的脾气，鄙视它琐碎却能摧毁一切的愤怒。但是现在，他已经超然于此。他以一种温柔的忏悔看待自己的身体。他的精神不得不转向如此。

第三天早晨，他躺在毯子上，让温暖的沙子在他的手指间反复流淌。最轻盈的昆虫已经孵化了，苍蝇如精灵般被微风拂去。透过他眼睑的阳光晕成了一片血红。他的孩子们忙着搭建小屋，声音随着波涛此起彼伏。遥远的海岸传来海鸥的鸣叫。那一刻，他存在于自己的肉身之中，如此安逸。这是他一生中最美好的时刻。

他站起身来，走到孩子们面前。他想拥抱弗洛里安，而儿子一掌甩开他的手；他又抚摸瑞尔的头发，她也一动不动；最后，他亲了亲斯通尼晒得暖洋洋的额头，让他回去玩游戏了。然后，吉尔走进湖里，在清澈而湍急的湖中涉水而行。湖水已经淹没了他的大腿。身后的狗有所察觉，狂吠起来。水越来越深，已无法再行走了。在这样的水里，只需几分钟就能让他的体温降低到无力回天的程度。一开始，他在透明的波浪中浮动，忽然他伸出手掌击水前行。很快，他的胳膊就举不起来了。孩子们会跑去告诉艾琳，她会明白自己的用意，也不会让孩子看到自己的结局。她会打电话给岛上的救生员打捞他的遗体。艾琳。他想象她悲戚地吟唱《埃德蒙·菲茨杰拉德号沉船》，“传奇从齐佩瓦时代就已流行……这片湖泊从不放弃任何一个亡灵……”他放声大笑，接着呛了几口水。他知道，自己的大脑越来越迟缓了。他踩着水，回头看了最后一眼。他看到了她。

艾琳站在银色的码头上，手高高举起，等待他的回应。她喊了他的名字，接着又喊了一声，于是他顺从地转过身来，向岸边游去，拍水前行。但不管他游得有多用力，似乎都停在一个地方。他看到自己的胳膊抬了起来，但感觉不到手臂的存在。他继续往前游，抬起头，看到她还在岸边等着。他向前挣扎，再次抬起头时，她仍然在那里。他拼命向她挪动，接近了，更近了。最后，他看到她也跳进了滚滚碧涛。

瑞尔

妈妈跳进湖里之后，就向前拼命游去。我们看了片刻，犹豫了一下，忽然不知是谁尖叫了一声，弗洛里安、斯通尼还有我全都冲进了刀割般刺骨的湖水里，冷得我们无法呼吸。斯通尼在水里走不远，所以我带着他回到了岸上。我浑身都麻木了，剧烈地颤抖着，大脑也无法思考。弗洛里安游得远一些，但最后他也退回了岸上。我们看到妈妈还在向前游，她就像泅水的狗。她没有转过身，也没有任何迹象表明她注意到我们刚才的举动了。她只是向他游去。她游到爸爸身边时，他已经停止挣扎了。我们看到她把他的头转出水面，拖着他的头发，手臂完全在水面上，靠腿踩水前行，而他漂浮在她身后。我们站在银色码头的尽头。她会回到我们身边的——她曾经向我们展示过该如何救人，因而我们知道她在做什么——所以我们也不哭了。然后，她就消失了。一开始我们以为她换成潜泳，但狗叫声此起彼伏，彼此间声调也截然不同，有一只甚至发出了驴一样的嘶鸣，让我们心惊肉跳。忽然，斯通尼尖叫一声，我立刻从妈妈放在椅子上的衬衫里扒出她的手机，拨打了 911。

后来弗洛里安上高中时意志消沉，他辍学，酒、大麻、可卡因、兴奋剂——所有不该碰的都碰了，还都上了瘾。妈妈的姐姐，也就是我们的姨妈路易丝知道后第一时间就送他去诊治，后来，他高中的老师又一次帮助他戒掉恶习。他现在已经在上大学了。我们常通话，上次，他对我说他又回到解释宇宙的老本行了。他调侃地说他的课程太难了，不知道烧焦了多少脑细胞。他又开始研究暗物质和超对等性。他说，有时就人类而言，不完全严丝合缝的超对等性——比如大脑、脸或是童年的构成——更为优雅，至少也能更有效地解决问题。

“解决什么问题？”我问道。

但他没有回答，只是笑了笑，露出一颗弯曲的黑色门牙。

斯通尼一路顺风顺水，他在夏威夷上学，但现在他去休假了，听说是去了莫洛凯岛，也许他以后想定居这里。我也不知道为什么，他和我、和弗洛里安的联系都不多。他不喜欢住在大家庭里，但是我喜欢。我们在路易丝和波比的家里长大——我们之间是很传统的收养关系，这里我有哥哥、姐姐，还有二十多个同辈亲戚，正是他们一起把我养大。我想，这是一件好事情。我们和祖先辈的印第安人一样，仍然会跳太阳舞，参加用古印第安语举行的典仪，如果我们喜欢的话，甚至还会用传统的技艺。这都不算什么。

至于那些狗，如果你现在看的不是书而是电影的话，这时就该播放它们的镜头了。我没有写下它们的名字，因为如果世间有神灵的话，那就是它们了，你能理解吗？我不敢保证自己是否懂这道理，但事实就是如此。雪球，或者说另一个版本的雪球，现在应该还在斯通尼上小学一年级时的教室里。薛定谔误食了某种酸，摔进了雨水排放管道里。为这事弗洛里安自责了很久。

两年前，我从明尼苏达大学毕业之后，已经二十一岁了，随后我参与了这个研究生创意写作项目。在我生日那一天，处理我父母遗产的律师杰拉尔德·奥博法赫出现在房子的门口。他身材富态，喜欢扯着沙哑的嗓门大声说话，你可能会想当然地以为他是个强硬的律师，但其实根本不是，反而脾气很好。父母死后的这些年来，他为了保护我们付出了很多。通常，我们叫他奥伯。

奥伯走进屋来，问我可不可以单独和我坐下来谈谈。我的兄弟姐妹们都在他们的房间里，阿姨也外出了，房子里很安静。我说当然可以，于是我们走进了凌乱而阳光充足的厨房。他坐在白色的餐桌旁，桌面上闪着点点金色的光。我用“咖啡壶先生”给奥伯倒了一杯咖啡。他把一个小小的红色信封放在桌子上，告诉我这是保险柜的钥匙。我没有去碰，只是盯着它。

“我的想法是，我并不想要这把钥匙。”我说。

奥伯喝了一口咖啡，点了点头，接着又点了点头。他不是爱说话的人，但我总能更长时间一声不吭，最后，还是他先开了口。

“你妈妈说，等你二十一岁的时候要把它交给你，所以……”

我已经做过很多次诊疗了，所以现在把那些话再说一遍也没什么，我最恨的就是我妈。理由是，她本该为了我们好好活下来，不是为了他，而是为了我们。她死了，因为她心里放不下他，但是她本应该为了我们，放下他的。

但我也知道，她认为自己谁都能救得下，所以那件愚蠢的事才发生了。所以我觉得，她在父亲的心里发现了一朵永不动摇的火焰。经历了那么多破烂事，她看到的只有一团稳定的火。

我做不了决定。

我曾问过弗洛里安，绝对稳定的火有没有存在的可能。他说，只有在真空里火焰才会绝对稳定，虽说理论上存在，但现实中根本不可能。真空里没有氧气，也不可能有真正的火。

我对奥伯重复了一遍，我不想要那把钥匙。奥伯说我可以不要，但这把钥匙他也不能再保管了。

他像以往一样，久久地拥抱了我，然后告别出门。门关上了，钥匙留在了桌子上。我坐在桌前，凝视着那把钥匙，想着其他的事。过了很长时间，我一直坐在那里思考。

忽然传来了一阵响动，看来我的哪个姐姐或是阿姨回来了。我拿起那把钥匙，放进口袋里出了后门。这时刚过午后。

银行的地址印在红色小信封上。

去的路上，我幻想保险柜里是很多钱。但我知道，里面一分钱都不会有。我知道，里面一定是写下的资料。现在，这本书里你已经都看到了，我把两个笔记本的内容整合到了一起。红色日记，蓝色日记，她在纸上的札记，以及我的回忆。此外，为保证连贯，我还在书中补充了一些往事。这些资料让我和路易丝姨妈之间多了很多话题，而有时，我也把自己放到我母亲或者父亲的角色。我从很多角度书写过他们的故事。我还采访了那个婚姻咨询师，她认为服务活人比为死人保密更重要，于是，她给我看了她的诊疗记录，我们一起捧腹大笑，又一起潸然泪下。你知道了，我就是这些日记中的第三个人。我被赠予了全知视角，孩子失去父母之后，就会形成这样的视角——不知这个事实是否为人所知。当然，这部书稿也是我的硕士毕业论文，作为参加创意写作项目的作家，这里我要对导师表示感谢。谢谢你们，我的爸爸妈妈，你们为我留下了你们婚姻的往事，留下了我写作的素材，留下了我一生的财富。

妈妈，曾经我最恨你，但是你却如此信任我，给我留下你的叙述。

我说过，奥伯离开之后，我坐在温暖的厨房里，四周弥漫着狗身上的气息，看着那把钥匙，默默地思考。我不知道是应该收下，还是不管，或是拿起来扔进垃圾桶里。但事实是，当时我并不是在思考，而是在做决定，在回忆。我陷入了一段不知反刍过多少遍的回忆里，那场景如此真实，仿佛往事重现，我完全不知道自己在哪儿。

※

手机屏幕上显示着几个醒目的字：岛上救生服务。电话里的女声告诉我马上到小屋的入口处，站在马路旁，以便营救人员能尽快找到我们。听到了指导意见，我感觉不会出事了，于是心里如释重负。我们看着冰冷湖面上粼粼的水波，然后离开了码头，爬上了雾气朦胧的路上，两侧高大的桦树和松树压在我们头顶。这条碧翠茫茫的小路走到了尽头，马路旁的松树上用旧绳索吊着一把船桨，上面印着红色醒目的文字。我还记得我们三个小孩，和狗一起站在宽阔温暖的环岛公路旁。现在回忆起来，我还记得那个正午，太阳高悬在我们头顶，脚下的滚烫路面炙烤着我们的赤足，感觉很舒服。正午时分我们脚下没有影子，周围什么也没有，世界仿佛被熨平，只剩下刺眼的光芒。然后我们听到起伏的警笛声逐渐驶近，最后停在我们身旁。

译后记

收到编辑梁霞女士邀约，嘱余为《踩影游戏》作译后记，距当日着手试译该书样章已过去近三年。经众位编辑、两名译者筹谋三载，这本并不算大部头的小说方才付梓，译事之艰辛，由此可见。

译者首先是读者，可能也是用心最勤的读者。就我个人的阅读体验而言，《踩影游戏》是厄德里克作品中很容易被低估的一部。厄德里克可谓青鬓成名，1975年，21岁的她以诗歌出道，摘得美国学院诗人奖的桂冠而崭露头角；1984年其首部长篇小说《爱药》问世后立刻轰动文坛，获奖无数，牢牢确立了她在美国印第安文学版图中的地位。此后她先后出版《鸽灾》《圆屋》《拉罗斯》等十余部小说，斩获包括美国国家图书奖在内的各大文学奖项，其著作之丰、声望之隆，已堪颉颃莫马迪、韦尔奇等印第安文艺复兴的前辈诸家，俨然当代美国印第安文学的执牛耳者。然而，《踩影游戏》于2010年出版后，虽然在读书界和评论界掀起又一轮厄德里克热潮，但并未被重量级的文学奖项青睐——诚然，厄氏的成就与声誉已无需一两个“随缘”的奖项来锦上添花。

究其原因，主要在于这部小说所描述的陷于婚姻泥潭中的夫妻充满琐屑与悲情的争夺、逃遁与救赎之路，实在不能不令人想到厄德里克与其前夫迈克尔·道里斯的婚姻。小说的男主人公吉尔是一位画家，以妻子艾琳的裸体作为绘画对象；道里斯是学者兼小说家，曾出版回忆录《断弦》，讲述他们夫妇对患有胎儿酒精综合征的养子的接纳与救治，将家人私密的一面曝光于公众视野；吉尔性情乖戾，敏感多疑，宣泄情绪的方式是向妻儿施暴；道里斯也在与厄德里克离婚后被女儿指控遭其虐待；最终吉尔失魂落魄，在妻儿面前自沉于苏必利尔湖，艾琳为搭救他也溺亡在冰冷彻骨的湖水中；道里斯则在法庭宣判的前夜自杀……道里斯辞世后十多年间，厄德里克对他们的婚姻始终缄默不语。《踩影游戏》甫一面世，嗅到小说“半自传”味道的敏锐读者，便急于从文本中考证与作者际遇之间某些像煞有介事而又似是而非的微妙联系。于是艺术性与文学性很大程度上被弃诸道旁，取而代之的是对作者隐私的急切窥探。在阅读界与评论界的此般心理期待之下，《踩影游戏》无缘主要奖项也便不难理解。

平心而论，单从小说美学而言，《踩影游戏》是一部布局精妙、节奏紧凑、引人深思乃至陷溺、读罢不忍释卷的佳作。我个人的阅读感受是一种异质、纠结、撕裂，甚至颇为荒诞的体验。这种吊诡的审美反应并非来自作者的印第安人族裔身份及其文化根基与民族记忆，亦非来自错综复杂的文本丛林中蜿蜒缠绕、迂回穿插的文本拼贴、多线叙事、大段对白等后现代技法，而是作者冷峻节制的叙事语言与沉重悲怆的故事主题之间形成的强烈反差和张力。叙事者的语气如隔岸观火，冷眼睥睨这对夫妇的散聚离合与爱恨生死，似高居苍穹之上的命运之神对凡尘俗世投以散漫不经的一瞥。这种带有距离感的叙事文风，恰恰强化了故事的悲剧内核，留给读者强烈的审美冲击和难以散却的追问与反思。就像书中冰封的苏必利尔湖，风平浪静的表面下，却是涌动的暗流与吞没一切的漩涡，使人阖起书卷，千转柔肠尽付一声轻喟，而心绪依然神游在明尼阿波利斯那清旷寒冷的冬夜。

本书共分六章，其中第一章篇幅即占六成左右。汪章雯女士负责第一章，我负责其余部分。由于两名译者翻译风格不尽相同，我们二人协同中信出版社的编辑老师们对译文进行了多次修订校对，力求文风的和谐。整体而言，我们的翻译思路是尽可能以自然流畅的汉语，将原著内容忠实传达给读者，避免佶屈聱牙的欧化翻译腔；同时，注重对作者文风的传达，希望读者能获得与英美人读原著相近的阅读体验。例如小说中引用了一段 19 世纪早期艺术家乔治·凯特林的游记，相比当代英语文辞较为古奥，因此我使用浅近的文言，在不影响阅读的基础上尽可能在汉语中重构作者的文体诉求。类似地，对小说的行文风格，我们当雅致则绝不下里巴人，当俚俗则绝不之乎者也，当冷峻则绝不媚俗煽情。但我们力有未逮，错讹未通之处在所难免，还望诸位方家与读者赐教。

此书英文版原名 *Shadow Tag*，这是一种被称作“踩影子”的游戏，两人互相追逐，谁先踩到对方的影子即获胜，小说中主人公一家曾一起嬉玩。因此“踩影”也是男女主人公相互争夺、撕扯、妥协、逃避的婚姻关系之绝佳象征。此外，“影子”的意象在小说中多次出现，成为一个具有多重阐释可能的重要象征符号。厄德里克的早期研究者宋赛南女士于 2011 年在《文艺报》撰文评介这部小说，首次使用了《踩影游戏》的译名。我们几经斟酌，决定沿袭宋译，而没有采用容易导致书名所指含混不明的直译法。

本书得以翻译出版要特别感谢上海外国语大学的张廷佺教授。张先生对美国印第安文学在汉语世界的译介与传播可谓功不可没，凡我们今日所能读到的印第安小说，如厄德里克的《爱药》《鸽灾》《圆屋》，莫马迪的《日诞之地》，大多出自他的译笔。我与汪女士之所以得到这次翻译机会，也得缘于张先生的提携。在此，我们谨向张先生致以真挚的敬意与谢忱！

时下我赴美国佐治亚大学访学一年，然而时运不济，抵美未久，新冠病毒即已肆虐全球。本拟到明尼苏达州拜访厄德里克，游目于北国的天光云影，但遭逢如此光景，计划只好暂时搁浅，转而足不出户，自我隔离。恰好朋友此前曾在明尼苏达大学访问，和我聊起明州冬日的皑皑飞雪与冽冽远阳，密西西比河三尺积冰上蝶落如雨的烟花，以及苏必利尔湖浩渺纵横的千里烟波。仍沉浸于小说中的我不禁心驰神往，暗暗心道，待疫情好转，一定趁着春阳明媚到明州看一看，顺便在苏必利尔湖畔读几页译文，倾一杯烈酒，为小说中这对长眠于湖底的悲情夫妇送上一份异乡读者的凭吊。

杨世祥

庚子孟春，于佐治亚大学